GeÇ Olmadan

This is a work of fiction. Similarities to real people, places, or events are entirely coincidental.

GEÇ OLMADAN

First edition. April 19, 2024.

Copyright © 2024 Orhan Gazi.

ISBN: 979-8224667901

Written by Orhan Gazi.

KISA ROMAN

Prof. Dr. Orhan Gazi

BEKLENMEDİK

Bir günü daha tamamlamak üzereyiz, mesainin dolmasına bir saat kaldı. Herhâlde günün en çok sevdiğim saati bu olsa gerek: işten çıkıp evime gitmek. İşimi seviyorum aslında. Bir ara bir süreliğine işsiz kalmıştım. O zaman insanın bir şeylerle meşgul olmadığında hayatının nasıl anlamsız hale geldiğini görmüştüm. Kendimizi meşgul edecek bir şeyler mutlaka bulmalıydık. Yoksa fırtınalı denizde sağa sola doğru rasgele ve hedefsiz yol alan bir gemiden farkımız kalmıyordu.

Bu düşüncelerimi bir arkadaşımla paylaştığımda

"İşsiz kalmak neden kötü olsun ki, kötü olan parasız kalmak, benim param olsa hiç çalışmam." şeklinde cevap vermişti.

Daha sonra bu arkadaşımla kısa süreli bir münazarada bulunmuştuk. Ben kendisine "İnsan hayatını bir disipline sokmalı. Mesela düzenli yatıp kalkmalı, bir şeyler üretmeli veya insanlara bir hizmette bulunmalı, topluma bir katkısı olmalı. İnsanın hayatının ancak bu şekilde bir anlamı olabilir. Eğer sen bir işleyişin ve bir sistemin dışında kalırsan sürüden ayrılan bir kurt gibi yalnız kalırsın ve bu seni mutsuz eder." dedim.

Buna karşılık olarak arkadaşım "Eğer çok param olursa neden çalışayım ve çalışmayınca neden mutsuz olayım ki? İstediğim saatte kalkar, istediğim ülkeleri gezer, istediğim sporları yapar, istediğim yemekleri yerim, keyfime bakarım." dedi.

Ben de kendisine bir ara uzun bir tatile çıktığımı ve tatilimin sonlara doğru kabak tadı vermeye başladığını ve ücretinin ödenmesine rağmen tatilimin son iki gününde beş yıldızlı lüks otelde kalmadığımdan ve evime döndüğümden bahsettim.

O da "O senin sorunun, ben asla sıkılmazdım." diye

cevap verdi.

Arkadaşım söylediklerinde samimi miydi yoksa yoğun iş temposundan bunalıp dinlenme özlemi mi çekiyordu veya yaptığı işi sevmiyor muydu bilmiyorum. Ama bana söylediklerinden anladığım, çalışmaya karşı herhangi bir sevgisi veya isteği yoktu. Belki bu arkadaşımın bulunduğu pozisyondan dolayı almış olduğu düşük gelirle alakalı bir psikoloji ve bu psikolojinin bütün benliği kaplama durumu olabilirdi.

Benzer konuşmaları geçmişte başka insanlarla da yaptığım aklıma geldi bir an. Evimin bulunduğu sokaktaki bakkala uğradığım bir günde, çırak olarak çalışan bakkal sahibinin kardeşi bakkalda yoktu.

Bakkala "Hayrola kardeşin yok mu ortalıkta." diye seslendiğimde "Kardeşimi kovdum; adamın ruhunda çalışma isteği yok, azim ve sebat yok." diye cevap verdi.

Ben de bu insanları çalışmadan soğutan şeyin ne olabileceği üzerine bakkalla sohbete daldım. Benim düşünceme göre sürekli düşük ücretle çalışmak insanları çalışmadan soğutuyordu ve insanlarda hırs ve enerji tükenmişti. Bakkal da kendi yaşadığı zorluklardan bahsetti. Çok ucuz ücretlerle uzun süreler onun bunun yanında çalıştığını, azar azar para biriktirdiğini, hiç dışarıdan yemek yemediğini, öğle yemeklerini akşamdan kendi evinde hazırladığını anlattı. Bu sayede tırnakları ile kaza kaza sıfırdan bir yerlere gelmişti. Benzer gayreti kardeşinde göremediği için onu işten kovduğunu söyledi.

Bakkal söylediklerinde belki kısmen haklıydı ama biz

insanlar farklı farklı yaratılmamış mıydık? Parmak izlerimiz nasıl farklı ise, özelliklerimiz de farklı değil miydi? Önemli olan karşımızdaki insan da var olan bu özelliği bulup ortaya çıkarmak ve o özellikten faydalanmaya çalışmaktı.

Bakkala bunlardan bahsettiğimde "Onda hiçbir özellik yok, sığırın teki." diyerek kestirip attı.

Daha fazla konuşmayı devam ettirmenin bir faydası

yoktu. Sonuçta bu insanların eğitim ve düşünce düzeyleri belliydi; hayatı yaşayarak öğrenen ve öğrendikleri şeylerden de taviz vermeyen kişilerdi. Bu diyalogla yaşamın gerçeklerinden uzaklaştığımı ve bakkaldan sosyetik davranışlar beklediğimi hissettim. Marie Antoinette'in ekmek bulamayan insanlara pasta yiyin tavsiyesi aklıma geldi.

***

Mesainin bitmesine on beş dakika kalmıştı. İyi ki kurumsal bir şirkette çalışıyorduk, en azından düzenli çalışma saatlerimiz vardı. Eve götüreceğim çantamı hazırlamaya başladım. İşin ilginç tarafı her gün eve giderken ve işe gelirken taşıdığım çantamdaki bazı malzemeleri hiç kullanmıyordum. Ama evden çıkarken veya iş dönüşü belki kullanırım düşüncesi ile çantamın içerisine tekrar koyuyordum. Bana ağırlık yapmaktan öte bir işe yaramıyorlardı.

Neden iş dönüşü veya evden ayrılırken elimi kolumu

sallaya sallaya, herhangi bir şey taşımadan yürümüyordum ki? İllaki bir şeyler taşıyordum ve bu taşıdığım şeylerin çoğu bir işe yaramıyordu. Üniversitede öğrenci iken de çoğu kitabı gereksiz yere taşıyıp durmuştum. Belki yanımda olmaları beni psikolojik olarak rahatlatıyordu.

Mesai arkadaşım Hüsnü hızlı adımlarla masasının

başına geldi ve toparlanmaya başladı. Hüsnü Beyin mesai bitimlerine doğru neşesi artardı ve bir o kadar da canlanırdı. Bazen ufak ufak şarkılar mırıldanmaya başlardı. Bu adamın sesi mesai bitimine doğru güzelleşiyordu.

Buna emin olmaya başlamıştım. İnsanların mutlu ve neşeli oldukları zaman hem yüz olarak hem de ses olarak güzelleştiklerine başka olaylarda da şahit olmuştum. Üzüntülü ve neşesiz bir insanın yüz hatları ne kadar düzgün olursa olsun, renginin solduğuna, yüzünün parlaklığının gittiğine ve sesinin enerjisiz ve kasvetli olduğuna tanık olmuştum. Demek ki güzel olmak için mutlu olmak lazımdı, mutlu olabilmek için de iç huzurumuzun olması gerekmekteydi.

Hüsnü Bey, bir taraftan eşyalarını topluyor bir

taraftan da odadakilerle kısa kısa sohbetler ediyordu. Bir

ara bana dönerek "Mehmet Bey, geçen hafta sonu ailece doğa yürüyüşüne gittik. Gittiğimiz yer sizin oturduğunuz semtin yaklaşık on km dışında. Oldukça keyif aldık, size de tavsiye ederim." dedi.

"Ya öyle mi?" dedim ve ekledim. "Turla mı gittiniz?"
"Hayır, kendi arabamızla gittik." dedi.

"Eşime bir danışayım, eğer ilgilenirse senden tam adresi ve yol tarifini alırım." dedim.

"Tavsiye ederim, mutlaka gidin." dedi.

Ben çalıştığım şirketin üretim bölümünün müdür yardımcısıydım. Mesai arkadaşlarımla iyi bir ilişkim vardı. Ailece görüştüğümüz pek olmuyordu. Bundan özellikle ben uzak duruyordum. Yıllar boyunca edindiğim tecrübelerden birisi de, çalışma arkadaşlarımla arama mutlaka bir mesafe koymaktı. Ne zaman bu kuralı ihlal etsem, en sevdiğim insanlarla bile zamanla sorunlar çıktığını görmüştüm.

Masanın üzerindeki alınacak son eşyaları da çantama

attım ve fermuarını kapattım. Askıdan paltomu alıp odadakilere dönerek "İyi akşamlar arkadaşlar, ben çıkıyorum." dedim.

Onlar da "İyi akşamlar." diye karşılık verdiler.

Merdivenleri hızlı adımlarla indim. Çalışmak güzeldi ama eve gitmek daha güzeldi. Özellikle iş çıkışları bana keyif verirdi. Otobüs durağına gitmek için yolun karşısına geçmem gerekiyordu. Buraya da bir türlü trafik ışığı koymamışlardı. Defalarca belediyeye e-posta göndermeme rağmen gelen yanıt hep "Fizibilite çalışması yapılmakta, en kısa sürede bulunduğunuz bölgeye trafik ışığı konulacaktır." şeklinde olmaktaydı. Sanırım trafik ışığı koymaları için gönderdiğimiz e-postalar yeterli olmamaktaydı. Birilerini araba ezer de basında haber olur bölge halkı tepki için yolu filan kapatırsa sanırım o zaman harekete geçeceklerdi.

Yolun karşısına geçtim ve otobüs durağında yaklaşık

on dakika bekledim. Nihayet bir otobüs geldi ama tıka basa doluydu. Bir sonraki otobüs en az on dakika sonra geleceğinden bu otobüse mutlaka binmeliydim. Açılan orta kapından kendimi içeri attım. Az ileride bir kişinin sığabileceği kadar bir boşluk gördüm. İnsanlardan izin isteye isteye o bölgeye kadar gittim ve çantamı yere koyarak tutacağı tuttum.

Klasik büyük şehir trafiği işte... Mesai çıkışlarında bu

trafik iyice çekilmez oluyordu. Otobüs o kadar kalabalıktı ki ufak frenlerde bile insanlar birbirlerine değmek zorunda kalabiliyordu. Dışarıyı seyretmeye daldım.

Bir ara önümdeki kadının arada sırada dönerek bana

baktığını gördüm. İlk bakışında dışarıya baktığım için yüzünü görememiştim. Daha sonra ikinci dönüşünde yüz yüze geldik. Tanrım ne kara bir surat diye düşündüm. Daha sonra kadın bir daha dönüp baktı, bu defa suratında ekşi bir ifade de vardı. Anlaşılan arkasında durmamdan rahatsız olmuştu.

"Demek otobüse bindiğimde durduğum bu noktanın

boş olma sebebi buymuş." diye düşündüm. Bir taraftan da kadının olumsuz şeyler yaşamış olabileceği ve bundan dolayı bu tür davranışlar yapabileceği aklıma geldi. Sebebi ne olursa olsun kadının o sevimsiz yüz hâli benim oradan uzaklaşmam için bir nedendi. Çok esmer kadın tanımıştım. Bu kadının yüzündeki rengin esmerlikle bir alakası yoktu, bu renk daha çok kötülüğün ve nefretin rengi olmalıydı.

Kadın bir defa daha başını çevirip yüzüme baktığında

bulunduğum konumu değiştirmek için sağıma döndüm ve insanların aralarında ellerimi kullanarak kendime yer açmaya çalıştım. Orta yaşlarında bir adam "Beyefendi kıpırdayacak yer yok, siz ise buraya gelmeye çalışıyorsunuz, yerinizde dursanıza." dedi.

Bir başkası "Pantolonumu kirlettin, dikkat etsene.

Tepeme çıksaydın." diye seslendi.

Ben de "Az sonra ineceğim, kapıya yaklaşmaya çalışıyorum." diyerek tepkileri azaltmaya çalıştım. En sonunda homurdanmalar arasında yerimi değiştirmeyi başarabildim.

Otobüsün içinde ter, sigara ve nefes kokularının

karışımından oluşan bir kokteyl hava mevcuttu. Kendimi bir an önce dışarı atmayı çok istiyordum. Artık daha fazla dayanamadım; ineceğim durağa gelmeden bir önceki durakta inerek kendimi temiz havaya attım. En azından bir sonraki durağa kadar yürürüm diye düşündüm.

Kendi kendime "Neden arabamla gelmiyorum ki işe? Bu adamların kokularını koklamak ve az önceki gibi psikopat bir kadınla karşılaşmak zorunda mıyım?" diye kendime sordum. Aslında bu soruyu daha önceden de sorup cevabını vermiştim: Sürekli araba kullanmak sürekli oturmak demekti, hareketsiz bir yaşam yağ bağlamam ve kilo almam demekti. Bu şekilde kısa mesafeli yürüyüşler yani bir çeşit spor yapıyordum ve bunun da faydasını görüyordum. En azından göbek bağlamıyordum bu sayede. Diğer yandan benzine daha az para vererek tasarruf yapıyordum. Çünkü ev ile iş yerim arasındaki mesafe bayağı vardı.

Sonunda asıl inmem gereken durağa geldim. Buradan oturduğum mahalleye dolmuşlar geçmekteydi. Dolmuş da az önceki bindiğim otobüs gibi kalabalık olurdu. Otobüsteki gibi zebani kılıklı bir kadınla karşılaşmam umarım diye içimden geçirdim.

Ama olaylar bir kere negatif gelişmeye başlamıştı. Bu tür durumlarda, geçmiş yaşamımdaki tecrübelerden, bir şeyler kötü gitmeye başladı mı hep kötü gitmeye başlar düşüncesi hâkimdi bende. Bu durumda bir an önce eve gitmeyi ve sağa sola takılmamayı alışkanlık hâline getirmiştim. İlk gelen dolmuşa binip bir an önce eve gitmek istiyordum.

Bir dolmuş durağa gelerek park etti. Sürücü "Beş

dakika sonra hareket edeceğiz." dedi.

Dolmuşa bindim. Hay aksi, gene yer yoktu. Yeni binenlerle birlikte gene itiş kakış seyahat edecektim.

Önümdeki koltukta oturan altmış yaşlarındaki bir kadın bana dönerek, "Oğlum iki dakika karşıdaki bakkala uğrayıp geri geleceğim. Koltuğuma çantamı bırakıyorum, yerimi tutabilir misin?" diye seslendi.

Ben de "Olur teyzeciğim, bakarım." dedim. Kadının araçtan çıkmasının üzerinden yarım dakika bile geçmemişti ki araca yirmi beş yaşlarında bir genç bindi. Üstü başı bakımsız bir insandı. Saçları dağınık, yağlı ve kirliydi. Doğruca üzerinde çanta olan koltuğa yöneldi ve çantayı alıp yanındaki boş alana doğru attı ve koltuğa oturdu.

Ben genç adama doğru dönerek "Beyefendi o koltuk

doluydu." dedim.

Adam suratıma sanki kendisine çok aptalca bir şey söylemişim gibi hayretle baktı. Söylediklerimin üzerinden çok az bir süre geçmişti ki yaşlı kadın arabaya geri geldi. Yerinde oturan adamı görünce bana dönerek "Oğlum yerime neden sahip çıkmadın." diyerek bana sitem dolu bir çıkışmada bulundu.

Bunun üzerine adama dönerek "Beyefendi oradan

kalkar mısınız, o koltuk bu hanıma aitti, kısa süreliğine dışarı çıkmıştı." diye seslendim.

Adam önce oralı olmadı. Ben bir daha söylediklerimi tekrarladım ve diğer yolcular da bana destek verince adam sinirli bir şekilde koltuktan kalkarak, "Başkalarının koltuğunu muhafaza etmek sana mı kaldı, sen milletin avukatı mısın oğlum?" diye homurdanmayla karışık bir cevap verdi. Ayağa kalktı ve yanımdaki boşluğa geçerken bana omuz attı.

Belaya çattık diye düşündüm. "Maganda herif seni,

adam ol." diye seslendim.

Adam suratıma sanki öldürmek ister gibi nefretle baktı. Kaşının üzerinde büyük bir yara izi vardı. Sağ yanağının ortasında da derin bir çizik izi bulunuyordu. Suratında yer yer ince çizikler ve yara izleri vardı. Muhtemelen bu çizikler ve yara izleri çocukluğunda yaptığı kavgalardan kalan mieraslardı. Adamdan etrafına kötü enerjiden başka bir şey yayılmıyor; her an herkese zarar verebilecek bir insan potansiyeli taşıyordu.

Yaklaşık iki durak kadar yol almıştık. Adam sürücüye inmek istediğini söyledi. Ben kapının ağzında ayakta duruyordum. Adam kapıya yöneldi, ben biraz yana çekilmeye çalıştım. Adam o sıkışıklıkta kapının merdivenlerinden inerken hızlı bir hareketle elindeki bir cismi sol böğrüme doğru batırdı. Aceleyle dolmuştan indi ve koşarak uzaklaştı.

Sol böğrüme inanılmaz bir acı dalgası yayılmaya

başladı, sanki içimden bir şeyler kopuyordu. Adamın arkasından baktığımda cebine koymaya çalıştığı aletin parlayan metalinden sol böğrüme bıçak sapladığını anladım.

Yolculardan birisi durumun farkına vararak, beni

işaret ederek "İnen adam beyefendiyi bıçakladı." diye bağırdı. Sürücü dolmuşu hareket ettirmedi.

Dolmuştan inmenin daha uygun olacağını düşünerek araçtan indim. Araç sürücüsü ve birkaç yolcu yanıma geldi ve bıçaklanan bölgeyi incelemek için elimi o bölgeden çekmemi istediler. Elimi acıyan bölgeden çektim. Avucum parlak ve sıcak kıpkırmızı kanla sıvanmıştı sanki. Akan kan kazağımı ve pantolonumu ıslatmıştı.

Yolculardan birisi "Kan akışını durdurmalıyız, tampon uygulayalım." dedi.

Paltomu, kazağımı ve fanilamı hızlıca çıkardım.

Fanilamı katlayarak kanayan yaranın üzerine tampon yapmaya çalıştım. Bu arada fenalaşmaya da başlamıştım. Sanki elektriğim kesilmeye başlamıştı. Her an yere düşebileceğimi hesaba katarak kaldırımın kenarındaki alçak duvarın üzerine oturdum.

"Akşam akşam bu lanet olası şey de nereden çıktı?"

diye düşündüm. Nereden baksan en fazla yarım saat içinde evimde olacaktım ve gün içinde özlemini duyduğum dört yaşındaki kızım Benginur'u kucağıma alıp havalara atacaktım. "Bir maganda ile neden ağız dalaşına girersin?" diye de kendimi suçladım.

Adamlar zaten kandan ve kötülükten beslenen akrep gibi yaratıklardı. Onlardan uzak durmam gerektiğini biliyordum ve daha önceleri hep bu kuralı uygulamıştım. Ama bu defa yapamamıştım. Bana mı kalmıştı başkalarının hakkını savunmak? Kendisini savunduğum kadın aşağı inip durumuma bakma nezaketini bile göstermemişti. Dolmuş sürücüsü dolmuşuna geri döndü ve aracı hareket ettirerek yoluna devam etti. Yanımda bir sonraki durakta inecek olan iki yolcu kaldı. Yolculardan birisi ambulans çağıralım hemen dedi ve cep telefonu ile bir yerleri aramaya başladı.

Düşüncelerimde bir dalgalanma oldu ve kulaklarımda sanki beynimin içindeki bir floresan lambadan gelen sesler oluşmaya başladı. Bütün dermanın gitmişti ve her an bayılabilirdim.

2

YOLCULUK

Yüzümün ıslak mendille silindiğini hissettim. Gözlerimi açtığımda başucumda sallanan serum şişesini gördüm. Karnımın sol tarafı inanılmaz ağrıyordu. Karşımda beyaz gömlekli bir doktor duruyordu.

"Geçmiş olsun, seni bir süre hastanede kontrol

altında tutacağız." dedi ve gitti.

Daha sonra hemşirelerden öğrendiğime göre bıçak darbesi karaciğerimin üzerine gelmiş ve karaciğerimde önemli hasar meydana getirmiş. Hastaneye gelir gelmez beni ameliyata almışlar. Ameliyatın sonuçlarının olumlu olup olmayacağını zaman belirleyecekmiş.

O günü acılar içinde kıvranarak geçirdim. Sabaha

doğru hastaneye eşim ve annem geldi. Eve gelmeyince çok meraklanmışlar ama bana bir türlü ulaşamamışlar. Sonunda hastaneden birisi ev telefonumu bulmuş ve aileme haber vermiş. Annemin ve eşimin suratında korku ve üzüntü ifadeleri birbirine karışmıştı.

Annem ve eşimin arası çok sıcak sayılmaz. Klasik

gelin kaynana çatışmaları bizim ailemizde de bir zamanlar yaşanmıştı ve o zamanlardan beri annem ile eşimin arasında görünmez bir duvar bulunmaktaydı. Ama bu olayın onları birbirlerine yaklaştırdığı kesindi. İkisi de bir yardımlaşma psikolojisi içinde hareket ediyorlardı.

Bulunduğum odada benimkisi ile birlikte üç hasta

yatağı daha vardı. Diğer iki yatakta biri genç diğeri ise ileri yaşta diyebileceğimiz bir hasta daha yatmaktaydı. Annem ve eşim hastanede birkaç saat kaldılar. Daha sonra eşimi çocuğumuzla ilgilenmesi için eve gönderdim. Yavrumuzu teyzesine emanet edip hastaneye öyle gelmişti. Bu akşam annem refakatçı olarak bana eşlik edecekti. Aslında annem refakatçı olabilecek diriliğe sahip bir insan değildi. Ama etrafımda şu anda buna zaman ayırabilecek hiç kimse yoktu. Herkes işinde gücünde hayatın yoğun akışı içinde başını kaldıramayacağı bir yoğunluğun içinde

yaşıyordu. Piyasadaki küçük işletmelerde çalışan insanların

yarım gün bile izin almalarının ne kadar zor olduğunu biliyordum ve eskiden zaman zaman bu insanların acil bir durumları olsa, çalıştıkları işten birkaç gün ayrılmak zorunda kalsalar işverenlerinin buna tahammül edemeyeceklerini ve bu durumun hapis hayatı yaşamaktan bir farkı olmadığını düşünmüştüm.

Hastane odasındaki diğer yatakta yatan yaşlı hasta "Memleket neresi birader?" diye seslendi.

İçimden "Ya bu adamların söze başlamaları hep bu soruyla mı olur?" diye söylendim. "Ankara." diye cevap verdim. İçimden siz nerelisiniz diye sormak geçmedi. Şu anda kimin nereli olduğunun benim için bir anlamı yoktu ve içinde bulunduğum durumun kötüye gitmesi moralimi bozmuştu.

Adam kısa kısa sorular soruyor ben de bu soruları kısa yanıtlarla geçiştiriyor, asla karşı soru sormuyordum ve içimden de adamın sesini bir an önce kesmesini diliyordum. Yaşlı adam yakınlık kurmaya çalışıyordu ve bunun nedenini şu an kestiremiyordum. Her zamanki doğal davranışı mıydı yoksa bu yakınlıktan bazı faydalar mı sağlamaya çalışacaktı? Cevabı kısa sürede belli olacaktı.

Yatağımda sağa ve sola doğru çok küçük açılarla dönebiliyor, bu sayede tüm gün aynı nokta üzerine yatmaktan kurtuluyordum. Tavana bakarken dalmışım. Uyandığımda sabah olmuştu. Annem yanımdaki kanepede uyuyordu. Kadıncağızın yüzündeki yorgunluk ve üzüntü karışımı ifadeyi bulunduğum yerden görebiliyorum.

Sabahları erken kalkardım. Benden sonra eşim ve

yavrum kalkardı. Sabahları yavrumu sevmenin verdiği mutluluğu başka hiçbir şeyde bulamazdım. Şimdi iki gündür yavrumu görmemiştim. Özlemi içimi yakmaya başlamıştı bile. Eşim cep telefonumu haberleşiriz diye başucuma koymuştu. Rahatsız olmayayım diye sesini biraz kısmıştı. Bu sabahki uyanışımdan hiç keyif almamıştım. Bedenimi saran bir huzursuzluğu hissediyordum. Sanki kanım azar azar zehirleniyor ve bu da bütün bedenimi huzursuz bir duruma sokuyordu. Konuşma isteğim iyice azalmıştı, bedenimdeki yaşam enerjisi sanki azar azar buharlaşıyordu. İki kelimede bir mola vererek anneme eşimi aramasını söyledim. Eşim telefonda sesimi duyunca bir anda keyiflendi ama benim telefonda çok fazla konuşacak hâlim yoktu. Kendisine yavrumuz Benginur'u bugün hastaneye getirmesini söyledim ve bir iki kısa laftan sonra telefonu kapattım. İyiye gitmiyordum ve olabilecek her duruma kendimi hazırlamalıydım. En azından fırsat varken yavrumu öpüp koklamak istiyordum.

Öğleden sonra eşim ve yavrum hastane odasına girdiler. Yavrum odaya girince beni görür görmez boynuma sarıldı ve "Baba ne zaman eve geleceksin?" diye sordu. Bir taraftan da gözlerinden inci gibi küçük damlalar dökülüyordu.

Hiçbir şey söylemedim, "Yavrum belki de baban eve hiç dönemeyecek." diyemedim. Minik ellerini öptüm, küçük burnunu, yanaklarını, alnını, saçlarını, boynunu, neredeyse başındaki her noktayı defalarca öptüm. Üzerindeki hırkasını kokladım, kokusunu içime çektim. Yanımdan hiç ayrılmasın istedim.

Eşim ve annem Benginur'la beni izliyorlardı. Eşim geçmişte bazen Benginur'u kendisinden daha çok sevdiğimi ve ona çok daha kibar davrandığımı düşünerek ufak tefek kıskançlıklar yapardı. Ama bugün sanki Benginur'u kucağımdan hiç indirmek istemiyordu. İş yerinden bazı arkadaşlarımın beni ziyarete geleceklerini söyledi. "Muhtemelen akşama doğru gelirler." dedi.

Bu arada odaya tedavimle ilgilenen doktor girdi.

Annem ve eşim doktoru görür görmez büyük bir merakla durumumu sordular. Gözlerinde sanki doktora "Ne olur iyi bir şeyler söyle." der gibi yalvaran bir ifade vardı.

Doktor "Karaciğeri büyük tahribat görmüş. Ameliyat

ettik, elimizden geleni yaptık. Acil olarak karaciğer nakli yapılması lazım. Şu anda elimizde karaciğer yok. Beklemekten ve ameliyatın olumlu sonuç vermesini temenni etmekten başka yapabileceğimiz bir şey yok." dedi.

Doktorun söylediği çok netti. Eşim ve annem bunun üzerine herhangi bir şey söylemediler. Oda kısa süre bir sessizliğe büründü. Doktor tamponu kaldırarak ameliyat yaramı açtı. Dikişleri inceledi. Sonra tamponu tekrar kapattı. Doktorun yüzüne baktım. Yüzünde çok da umut veren bir ifade görmedim. Yüz ifadesinden sanki "Her şey olabilir, bundan sonrası zar atmak gibi bir şey." der gibi bir anlam çıkıyordu.

Eşimi ve çocuğumu öperek eve gitmelerini söyledim. Anneme de kardeşlerime haber vermesini, durumumun tehlikeli olduğunu kendilerine söylemesini istedim. Kadıncağızın başucumda beklemesini de istemiyordum açıkçası. Zaten kendisi ayakta zar zor duruyordu. Babam vefat edince annemi yalnız kalmasın diye oturduğumuz evin yakınlarında bir ev tutarak bize komşu yapmıştım. Annemden bir de Kur'an istedim. Son anlarım olabilirdi, en azından bir şeyler okurdum. Son anda bile olsa ne okursam kârdır, diye düşündüm.

Artık bedenim çok keyifsiz bir evreye gitmişti.

Üniversite öğrencisi iken kısa bir süre sigara kullanmış daha sonra bırakmıştım. Sigaranın ağzımda bıraktığı tatsızlığı hatırlayabiliyordum. Yıllar sonra bu tadı tekrar alır gibi olmuştum. Kısa uykularımdan uyandığımda ağzımın içerisi sigara içmiş gibi tatsız ve boğazımda bir acı oluyordu. En kötüsü de sanki çıplak tenime bir pudra sürülmüşte bu pudra bedenime sürekli minik minik acılar veriyordu. Akşama doğru iyice kötü olmaya başladım.

Annem odaya tekrar gelmişti. Kadıncağız sağ olsun bir yerlerden bir Kur'an bulmayı başarmıştı.

Anneme tam teşekkür edecektim ki iş yerindeki arkadaşlarım odaya girdiler. Yatağın karşısında durdular, birbirlerine karışan seslerle geçmiş olsun dediler. Kafamı hafif sallayarak onları selamladım. Kimler gelmiş diye gelenleri yılgın bakışlarımla birer birer inceleme başladım. Çok sevdiğim iki arkadaşım Ahmet ile İsmail'i küçük kalabalığın içinde fark ettim. Onların çaprazında ise teknisyen Uğur Kırat vardı. Bu adamın burada ne işi var diye düşündüm. Kendisinden nefret ederdim. Sırtlan gibi bir adamdı. İş yerindeki bütün marifeti, iş yerinde çalışanlar arasında geçen konuşmaları veya küçük olayları üst düzey yöneticilere ispiyonlamaktı. Beş para etmez bir kişiliğe sahip bir insandı. Güvenilmez bir adamdı. Seninle az önce konuştuklarını yıldırım hızı ile başkalarına yetiştirir, işi gücü insanların aralarını açmak ve insanları birbirlerine düşürmek olan bir insandı.

Uğur Kırat'ın yüzüne hafif bir bakış attım. Ağzı

kapalıydı fakat bende dudaklarının ardından sırtlan gibi sırıtan bir insan imajı uyandırdı. Yüzünde hiçbir üzüntü veya acıma belirtisi yoktu. Sanırım turistik bir gezi için arkadaşlarına takılmıştı.

İçimden "Dermanım olsa şu adamı kulağından tutup

bu odanın dışına atardım." dedim. Sonra fikir değiştirdim, "Boş versene, ne belası varsa görsün, şimdi bu tür şeyler düşünmemin zamanı değil." dedim içimden.

Ziyarete gelen arkadaşlarla oradan buradan kısa sohbetler yaptık. Birçoğu bana moral vermeye çalışıyorlar veya en azından öyle davranmaya gayret ediyorlardı. Ellerindeki küçük paketleri yatağımın yanındaki komodinin üzerine bıraktılar. Arkadaşlarla yaptığım sohbetleri, yanımdaki yatakta yatan yaşlı hasta yüzü bize dönük olarak ilgiyle dinliyordu. Bir ara yaşlı adamın bu derecede yoğunlaşarak sohbetlerimizi dinlemesinden rahatsız oldum. Sonra da "Ne zararı var, dinlerse dinlesin." diye geçirdim içimden. Arkadaşlarım onlarla konuştukça daha da yorulduğumu ve konuşmalarımın yavaşladığını fark ettiler ve zaten az olan enerjimi daha da tüketmemek için tekrar geçmiş olsun dileklerini sunup annemi de selamlayarak odadan çıktılar.

Gene akşamın yalnızlığına merhaba demiştim.

Annem kanepede yaşlılığın verdiği yorgunlukla kısa uykulara dalıyordu. Gece yarısına doğru uyumuşum. Ameliyat yerimde zonklayan bir acı ile uyandım. Hemşire çağırma butonuna bastım. Az sonra nöbetçi hemşire geldi.

"Hemşire hanım, çok ağrım var, ağrı kesici iğne

vurabilir misiniz?" dedim kendisine.

O da onaylayarak ağrıyan bölgeme ağrı kesici iğne vurdu. İğneler ilk günkü kadar etkili olmasalar da gene de dayanılmaz olan ağrıyı dayanılır düzeyine getiriyorlardı. Başımı komodinden tarafa çevirdiğimde akşam beni ziyarete gelen arkadaşların bıraktıkları paketlerin yerinde olmadığını gördüm. Paketleri birisi almış olmalıydı.

Yanımda yatan yaşlı adam geldi ilk aklıma. Yaşlı adamın yatağının yanındaki komodine baktın. Bana gelen paketleri o almıştı. Komodinin çekmecesine paketleri sıkıştırırken paketlerin renkli iplerinden birinin ucu geniş çekmece aralığından fark edilebiliyordu. Önemsemedim. Sadece yanı başımda daha iyi bir insan olsaydı, bu şartlar altında bana daha iyi moral olurdu diye düşündüm.

Bir taraftan da her şey bir yana gerçekçi olmalıyım

diye düşündüm. Karaciğerim parçalanmıştı ve çok az iş görüyordu. Acil olarak karaciğer nakli olmam gerekti ama bu kadar kısa sürede olması neredeyse imkânsızdı. İnsanlar karaciğer nakli için aylarca, yıllarca sırada bekliyorlardı ve nakil sonunda da yaşayıp yaşamayacakları da garanti değildi. Yani bu durumda kendimi ölüme alıştırmalıydım.

Evet ölüm...

Sonunda beni bulmuştu. Hem de hiç beklemediğim bir anda. Nereden nasıl çıktığı belli olmayan bir magandanın bir bıçak darbesiyle bütün gelecek planlarım, hatıralarım, yavrum Benginur üzerine hayallerim... Bir daha yavrumu göremeyeceğim. Yok olup gideceğim.

O arada ani bir düşünce manevrası yaptım. Ölümden neden korkuyorum veya pek çok insan ölümden neden korkar? İnsanın ölümden korkmasının temel sebeplerinden birisi alışık olduğu dünyadan ayrılması ve yok olacağı düşüncesidir. Ölmek, dört tarafı beton mezarın içerisine girmek ve üzerimize mezar kapağının kapatılmasını hayal etmek, dehşet verici bir duygu. Bir daha sevdiklerimi göremeyeceğim. Annemi, babamı, eşimi, çocuğumu bir daha göremeyeceğim. En kötüsü ise bana ihtiyacı olan insanlar ben olmazsam nasıl yaşayacaklar? Küçük çocuğum ben olmadan ne yapar, kötü insanlardan nasıl korunur?

Daha iyi yaşam şartlarına ulaşamadan ölüp gideceğim. Yeni evimize nihayet taşındık ama keyfini yaşayamadan ölüp gideceğim. Büyük projemi tamamlama çok az kalmıştı ve bu hâlde ölüp gideceğim.

Tüm bu düşünceler ölümü benim için daha da

korkunç bir olgu hâline getirmeye başlamaktaydı. En kötüsü bir daha var olamamak. İçimdeki ben, hep var olmayı istiyor. Ben hep olmak, var olmak istiyorum. Ölmek, yok olmak istemiyorum. Yok olma düşüncesi kabul edilebilir bir düşünce değil, insanı karmaşıklığa sürükleyen bir duygu. Daha önce hep başkaları ölüyordu. Televizyondaki haberlerde ölen ünlü insanların cenaze törenlerini izliyorduk hep. Ve kısa sürede unutup gidiyor, hayatın akışına tekrar kapılıyorduk. Ama o hep benden uzak duran ölüm, şu anda benim kapımı çalmış durumdaydı. Amansız bir yaram vardı ve öleceğim kesin gibi bir şeydi. Sadece ne kadar kısa süre sonra olacağı belirsizdi. Sebebi ne olursa olsun ölmek, yok olmak, bilinmeyen bir karanlıkta kaybolmak, dehşet verici bir duyguydu. Ama daha dört yaşında bir kızım vardı ve annesi de çalışmıyordu. Bu durumda nasıl ölebilirdim?

Onlarca hatta yüzlerce ünlü veya sıradan insanın

ölümüne şahit olsak da, zihnimiz ölüm duygusunu

düşüncesini beyinde barındırmaz ve bizi yaşamın akışına en kısa sürede tekrar çekerdi. Aslında bu insanın yaradılış özelliğinden başka bir şey değildi. Ölümü ve ölümden sonrasını kavrayabilmemiz için düşüncelerimizi bu konuya yoğunlaştırmalıydık ve beynimizi bu konuda düşünmeye zorlamalıydık. Bu da bizim bilinçli olarak bunu yapmak için kendimizi zorlamamızla olurdu. Ama hayat bizleri kendisine öyle bir çekiyordu ki, bu son anı sanki son ana kadar hiç düşünmüyorduk. Son anımıza kadar sadece başkalarının ölümlerini izleyen birileri olarak kalıyorduk.

İnsan için ölüm korkutucu bir olay ama doğum

korkutucu bir olay değildi. Esasen iki olay da incelendiğinde birbirlerinde herhangi bir farkları olmadığını görürüz. Olmayan bir varlığın hücre bölünmesi ile var olması ve doğması bizlere olağan bir olay olarak gelmektedir. Diğer yandan ölüm ise alışagelmiş olduğumuz zihin durumunda ciddi değişiklik

yarattığından bizleri daha fazla etkilemekteydi. Sonuçta ne

olursa olsun ölüm olayı, yaşayan her insanın aklına getirmek istemediği, oldukça soğuk ve irkiltici bulduğu bir olaydı. Elimdeki Kur'an'ı Kerim'i açtım ve yeniden yaratılma ile ilgili şu ayeti okudum

"O ölüden diriyi çıkarır ve diriden ölüyü çıkarır.

Ölümünden sonra da yeri diriltir. İşte siz de böyle çıkarılacaksınız. (Rum/19)"

Evet, aslında bu ayet her şeyi özetliyordu. Bu ayet tek

başına her şeye yeter ve bütün hayatımıza anlam katardı. Doğuma şaşırmıyoruz, doğum karşısında dehşete düşmüyoruz. Ama ölüme şaşırıyor ve ölüm karşısında dehşete düşüyoruz. Aslında ölüm bir değişim olayından başka bir şey değildi. Ben doğmadan önce de vardım ama başka bir hâldeydim. Hücrelerin çoğalarak bedeni oluşturması ve oluşan bu bedene ruh giydirilerek doğumla birlikte insanoğlu dünyaya gelmekteydi. Sahip olduğu beden topraktaki elementlerin belirli miktarda ve bir mimariye göre bir araya gelmesinden başka bir şey değildi.

Ölümle birlikte bu mimari bozulmakta ve sahip olunan elementler tekrar toprağa iade edilmektedir ve bu elementler ya başka canlıların, bitkilerin veya cansız objelerin mimarisinde tekrar kullanılmaktaydı.

Nasıl koza hâlindeki tırtıl canlı olduğunun farkında

değil ise, biz insanlar da dünya hayatına başlamadan önce koza hâlindeki tırtıllar gibi vardık. Dünya hayatı ile birlikte belleğimizi işleyip durmaktayız. Ölüm ise tekrar bir faz değişiminden başka bir şey değildir. Ölümle birlikte tekrar bilinçsiz bir konuma geçeceğiz. Bilinçsiz olmamız yaşamadığımız anlamına gelmemelidir. Uykumuzda da bilincimiz kapalıdır ama canlıyızdır.

Ölüm duygusu insanı korkutsa da, yeniden

yaratılacağını düşünmek insanı rahatlatıyordu. İnsanı korkutan şey yok olmak veya hiçbir fikri olmadığı bilinmezler çukuruna düşmek. "Yeniden yaratılacağım, ölüm sadece ara bir aşama." cümlesini tekrarladıkça kendimi daha iyi hissettiğimin farkına vardım ve ölüm korkutucu gelmemeye başladı. O hâlde ölüm korkusundan kendimizi ulaştırmak için "yeniden yaratılacağım" sözünü defalarca söyleyerek beynimize kazımamız gerekmekteydi. Eğer bu sözü defalarca tekrar ederek beynimize kazırsak yaşamımızın ve hedeflerimizin değişmeye başladığının farkına varıyorduk. Ve ben de aynen böyle yaptım. Bütün gün "Tekrar yaratılacağım, asla yok olmayacağım, hayata sadece kısa bir ara veriyorum ve uyurken zamanın nasıl geçtiğini anlayamıyorsam geçen zamanına anlayamayacağım ve aniden tekrar uyanacağım." diyerek kendimi bütün gün boyunca yeniden yaradılışa motive edip durdum. Ve inanılmaz bir şekilde rahatladım.

Tüm gün beynime bu düşünceleri iyice yedirmeye çalıştım.

Yeniden yaratılacağımız düşüncesini beynimize kazıdıkça, yeniden yaratıldıktan sonraki hayatımızın bizler için daha önemli olduğu düşüncesi bize hâkim olmaya başlayacaktı. Ve insanlara daha faydalı olmak için çalışmalarımızı ve davranışlarımızı ona göre şekillendirmemize sebep olacaktır. Şu nefret ettiğim adamı öldürmek istiyorum ama öldürsem bile bu insan yok olmayacak, sadece başka bir duruma geçecek ve ben onun bu duruma geçmesine sebep olacağım, hepsi o kadar.

Ama bu kişi ileride tekrar yaratılacak. Belki ben dünyada biraz daha fazla kalacağım ama ölümden sonra ben de yeniden yaratılıp aslında kurtulduğumu sandığım bu kişi ile tekrar karşılaşacağım. Yapmış olduğum plan yolunda gitti ve çok fazla insandan para topladım. Bu parayla uzak ülkelere gidersem kimse beni bulamaz ve bu insanlarla bir daha ölene kadar karşılaşmayacağım aşikâr diye düşünüyorum. Ama ölümden sonra tekrar yaratılacağım ve bu insanlarla tekrar karşılaşacağım. Şu andaki kaçış sadece günü kurtarmak gibi bir olay. O hâlde yaşamımı sürekli bir hayata göre ayarlamam gereklidir. Asla yok olmayacağım, sadece kısa bir film arası verilecek hepsi o.

"İyi de tüm bu anlattıklarımı düşünmek için geç değil miydi?" diye sordum kendi kendime. Hayır, aslında yaşamdan sonraki hayatı mutlaka duymuştuk. İmamların fetvalarından veya dinî kitaplardan veya Kur'an meallerinden bunları okumuştuk. Evet, okumuştuk ama beynimize işlememiştik. Masal okur gibi okumuştuk. Hayatımızı yeniden yaradılışa göre ayarlamamıştık. Öyle ama şu andan itibaren yapabileceğim bir şey yoktu. Şu andan itibaren çok kısa bir zamanım da kalsa ileriye bakmalıydım.

"Yeniden yaratılacağım."

Bu cümleyi defalarca tekrar ettim. Bu cümleyi beynime kazımaya çalışıyordum. Tekrar tekrar "Yeniden yaratılacağım, yeniden yaratılacağım, yeniden yaratılacağım, yok olmayacağım, yeniden yaratılacağım..." deyip durdum bütün gece.

Sabah olunca eşimi telefonla aradım ve yavrum Benginur'u acil getirmesini söyledim. Ne olur ne olmaz her an ölme riskim vardı. En azından yavrumu son kez görüp, yeniden yaratılınca onu nasıl tanıyabileceğimi düşünmeliydim.

Öğlene doğru eşim odaya yavrum ile birlikte girdi.

Benginur beni görür görmez boynuma sarıldı. Her

zamanki gibi yavrumu öptüm, öptüm, kokladım, yanımdan hiç ayrılmasın istedim. Daha sonra çocuğu karşıma diktim, gözlerini dikkatlice inceledim. Gözünün yüzüne göre büyüklüğünü, şeklini, rengini, göz kapağının üzerindeki küçük siyah noktayı iyice beynime kazıdım. Sol kolundaki doğum lekesine ve lekenin şeklini ve koluna göre kapladığı alanı kabaca hesaplayarak beynime kazıdım.

Sonra Benginur'un sırtındaki doğum lekesi aklıma geldi. Çocuğun üstünü çıkararak sırtındaki doğum lekesinin bütün geometrisini beynime kazıdım. Yeniden yaradılışta Benginur muhtemelen yetişkin bir insan olarak yaratılacaktı ve ben en azından bu lekelerle onu tanıyabilecektim.

Tabii ki okyanus gibi insan toplulukları arasından onu nasıl bulacaktım? Ama en azından böyle bir evcilik oyununu kafamda kurmak üzüntümü biraz olsun hafifletiyordu. Eşim ve annem zaten yetişkin insanlardı, onları bulmam zor olmazdı. Ama çocuğum büyüyeceği için onu tanımam neredeyse imkânsız olacaktı; bu izler bana bir ipucu verecekti en azından. Eşime yavrumu bu akşam teyzesine bırakmasını söyledim ve yanımda refakatçı olarak kalmasını istedim. İnsan gideceğini hissedermiş derler ya, işte bende böyle bir his oluşmaya başlamıştı.

Yeterince çalışamayan karaciğerim yüzünden vücudumun tüm dengesi bozulmuştu. Kan analizlerim oldukça endişe vericiydi ve tüm bunlara karşı yapılacak bir şey yoktu maalesef. Hasta insanların bazen intihar ettiklerini duymuştum. Neden sabretmiyorlar da böyle bir şey yapıyorlar diye geçmişte kendi kendime sorduğum çok olmuştu. Ama kazın ayağı göründüğü gibi değilmiş. İnsan bir defa sağlığını kaybetti mi ve yeniden kazanamadı mı en kısa sürede ölmek belki de en iyi olanıydı. Mutlaka sabretmek gerekliydi. Ama bunun kolay olmadığı çok aşikârdı.

Çekmiş olduğum tüm bedensel azaba karşı bilincime

kulak verdiğimde bilincimin acı çekmediğinin farkına vardım. Acı çeken sadece bedenimdi. Buna benzer bir şeyi yıllar önce okuduğum bir kitapta Yahudi bir yazar anlatmıştı. Yahudi yazar, Hitler'in kamplarının birinde işkenceye mazur kalıyor ve kamptaki zorlu yaşamı esnasında acı çekenin sadece bedeninin olduğunu ve bilincinin acı çekmediğinin farkına varıyordu. Bilincine yoğunlaşarak acının etkisini azaltmaya çalışıyor ve

sonunda kamptan sağ salim kurtulan ender insanlardan birisi oluyordu. Belki ben şu anda bir kampta değildim ama bilincin acıdan etkilenmediğini denemeyle keşfedebileceğim bir durumdaydım.

Durumumum kritik olduğunu duyan tanıdıklar veya

eski arkadaşlar ziyaretime geliyorlardı. Bana bakışları sanki arenada aslanlarla boğuşan insanlara bakışlarından farksızdı. Sanki bu insanlara hiç ölüm gelmeyecekti de şu anda ölmek üzere olan birini ziyarete geliyorlardı. Gözlerinde bir merak ifadesi vardı. Kapana kısılmış bir farenin veya kedinin pençelerindeki bir serçenin psikolojisini ve yüz hâlini merak edercesine beni ziyarete geliyorlardı.

Bu durum bende rahatsızlık yaratmaya başlamıştı. Anneme ve eşime çok yakınımız olmadığı veya çok yakın bir arkadaşım olmadığı durumlarda ziyaretçi kabul etmek istemediğimi söyledim. Zaten bütün yakın arkadaş ve akrabalarım ziyaretime gelmişti, bundan sonra hiç ziyaretçi kabul etmesem yeriydi. Beni gören kişilerin durumumu gittikleri yerlerde ballandıra ballandıra anlatıyor olduklarını düşünmek beni ayrıca rahatsız ediyordu.

Doktorum karaciğerimdeki tahribatın diğer organlarımı da etkilemeye başladığını, beyin, kalp, akciğer gibi diğer organlarımın işleyişlerinin normal durumlardaki gibi olmadığını söyledi. Yani domino taşlarından birinin yıkılması durumunda sırası ile diğer domino taşlarını da devirmesi gibi vücut organlarım teker teker işlevlerini kaybetmeye doğru gidiyorlardı. Artık soluk alış verişim eskisi gibi canlı değil, kalp atış grafiklerim düzgün değişimler göstermiyor, kan değerlerim her geçen gün daha kötüye gidiyordu. Sanki bir dağın tepesinden bir tutam kar parçası kopmuşta yuvarlana yuvarlana büyümekte ve buna karşı yapılacak hiçbir şey yokmuş gibi bir durumun içindeydim.

Bir bilinmeze doğru çıkacağım yolculuğa kendimi kafa olarak hazırlamaya çalışıyordum sürekli olarak. Hasta yatağında fazla hareket edemiyordum. Sürekli olarak yatağımın karşısındaki camdan dışarıyı, uzak binaların balkonlarındaki ufak tefek insan hareketlerini izliyordum.

Bir ara bir hoca ve onun etrafında çember olmuş bir grup kızlı erkekli öğrenci topluluğu yanımda belirdi. Sanırım hoca öğrencilere hastalar ve hastalıkları hakkında bilgi veriyordu. Konuşmaları duyuyordum ama dinlemiyordum. Dinlemek için hiçbir isteğim yoktu. Hoca bir şeyler anlatıyordu ve bu arada erkek öğrencilerden birisi şov niteliğinde bazı sorular soruyor buna da kız öğrenciler gülerek tepki gösteriyorlardı. Arada hoca benimle ilgili bilgiler de verdi, öğrencilerin soru ve cevapları gülüşler arasında gidip geldi. Daha sonra yollarına devam ettiler.

Bir sabah bütün bedenim kaskatı bir şekilde uyandım. Hiçbir yere hareket edemiyor, sağıma ve soluma dönemiyordum. Bedenimdeki keyifsizlik doruk noktasına çıkmıştı. Dermanım olsa, yataktan fırlayıp hastane penceresinden buz gibi bir havuza atlamak geliyordu içimden. Ama hastane penceresinin önü betondu ve zaten yatakta bile dönemiyordum. Göz kapaklarım açıktı ama sadece önümdeki bir noktaya bakabiliyordum. Sağa sola gözlerimi hareket ettiremiyordum. Önümden insanlar geçip gidiyorlardı. Orada hayat işliyordu ama benim tarafımda hayat bitiyordu. Sanırım yolculuk başlamıştı.

Bir taraftan korkuyor bir taraftan da merak içinde bekliyordum. Korkuyordum, çünkü bilinmeyen bir yolculuğa çıkıyordum. Gerçi temel dinî bilgilere sahiptim ama bu bilgilerin çok yüzeysel olduğunu hangi detaylarla karşılaşacağımızı hiçbir zaman bilemeyeceğimizi düşünüyordum. Merak ediyordum, çünkü dünyaya gelirken bilincimizin boş olmasından dolayı geçmişe yönelik hiçbir bilgimiz yoktu. Ama şu anda düşünebilen ve işlenmiş bir bilince sahiptik ve bu bilinç açık olarak durmaya devam edecekse çok ilginç şeyler göreceğimden emindim.

Peki, gereken hazırlığı yapmış mıydım? Hayır,

yapmamıştım, aslında yapamamıştım. Ara sıra bir gün ölümün bizleri karşılayacağını düşünsem de gene hayatın akışı beni mıknatıs gibi kendine çekiyor ve olağan yaşantıma devam ediyordum. Diğer yandan ciddi ve büyük bir günahımın da olmadığını düşünüyordum. Beynimin içinde çıtır çıtır sesler duymaya ve gözlerim kapalı olmasına rağmen minik minik parlayan yıldızlar görmeye başladım. İçki kullanmayan birisi olmama rağmen üniversiteden mezun olurken arkadaşların yapmış

olduğu mezuniyet gecesine katılmıştım. Arkadaşların ısrarı

üzerine onlarla birlikte bir miktar içki içmiştim. İçtiğim içki sertti, alışık olmadığımdan gece geç saatte eve gelip kendimi yatağa attığımda kafamın içerisine gene benzer çıtırtılar geliyordu. O zaman ölüyorum sanmıştım ama sabah ölmeden kalkmıştım.

Şimdi durum tamamen farklıydı. Beynimin içinde

sanki değişik noktalara şırınga ile iğne vuruluyordu ve bu noktalardan keskin bir ağrı etrafa yayılıyordu. Bu arada vücudumun birçok noktasına önce ufak ufak iğneler batıyor gibi oldu daha sonra da sanki vücudumu hissetmemeye başladım. Ama bilincim yerindeydi. Tüm bedenimden sanki floresan lambadan çıkan bir ses gibi bir ses çıkmaya başladı. Ses veya görüntü beyin hücrelerine gelen sinyallerden başka bir şey değildi. Bunu algılamak için illaki fiziksel olarak sesin ve görüntünün olmasına gerek yoktu. Mühendislik eğitimi gördüğüm için şu anda yaşadıklarımı veya yaşadığımı sandıklarımdan odamdaki insanların hiç haberleri yoktu çok büyük ihtimalle. Az sonra beynimin içi sanki asitle dolmuşçasına yanıyordu ve bu durum kısa bir süre devam etti. Bir süre sonra bir an hiçbir acı duymamaya başladım. Sanki bedenle hiçbir alakam kalmamıştı.

3

KÖŞE KAPMACA

Şirkette günün konusu Üretim Bölümü Müdür Yardımcısı Mehmet Gündüz'ün başına gelenlerdi. Neredeyse herkes kendi pozisyonunu yeniden hesaplamaya başlamıştı. Haberlere göre Mehmet'in durumu kötüydü ve vefatı durumunda boşalacak olan pozisyona birinin atanması gerekecekti. Bu da şirket içinde domino etkisi yapacak ve bu durumda birçok kimsenin durumu etkilenecekti.

Üretim bölümünde üç alt birim mevcuttu ve bu birimlerin başında birer birim amiri vardı. Bu birimler sırası ile malzeme tedarik birimi, dizgi birimi ve test birimiydi. Müdür yardımcısı olacak kişi muhtemelen bu üç birim amiri arasından seçilecekti. Ama bunun garantisi yoktu ve şirket içinden başka birisi de bu pozisyona atanabilirdi.

Malzeme tedarik birimi amiri Ahmet Çakır'dı ve

şirkette yaklaşık on beş senedir çalışıyordu. Şirket içinde sevilen birisi olmasına rağmen tam bir memur zihniyeti taşıyan bir insandı. Bundan dolayı şirket içinde yükselememiş ve hep birim amiri olarak kalmıştı.

Dizgi birim amiri ise Selim Yılmaz idi ve şirkette yedi

senedir çalışıyordu. Selim Yılmaz şirket personeli tarafından sevilmeyen birisiydi. Kendi menfaati için yeri geldiğinde her şeyi feda etmeye çekinmeyecek bir adamdı, ahlaki zaafları da olan birisiydi. Üretim bölümüne gelmeden önceki çalıştığı bölümde etrafındaki kadın personele sarkıntılık yapmış ve bunun neticesinde bölümü değiştirilmişti. Ahlaki olarak zayıf olmasına rağmen ilginç bir şekilde işini iyi yapan ve pratik zekâsı yüksek bir kişiydi. Onu bu yeteneğinden ötürü yaptığı taşkınlıklara rağmen şirketten atmamışlar ve çalıştırmaya devam etmişlerdi.

Test biriminin amiri ise Metin Şen'di. Metin Şen iyi

bir kişiliğe sahip olmasına ve son derece dürüst bir insan olmasına rağmen her şeye muhalefet olma huyundan dolayı ilk başta olumsuz insan damgası yiyordu. Ama zamanla onu tanıyanlar aslında iyi bir insan olduğunun farkına varıyor, önüne gelen her şeye muhalif yaklaşımının onun yanlış anlaşılmasına neden olduğunu görüyorlardı.

Metin Şen şirkette dokuz senedir çalışmaktaydı ve bekârdı. Diğer iki birim amiri ise evliydiler.

Mehmet'in ölüm haberi sonunda şirkete ulaşmıştı ve tasarı hâlinde olan planlar şimdi uygulama fazına geçmeye başlamıştı. Daha ölüm haberinin üzerinden saatler bile geçmemişken üç birim amiri de üretim bölümü müdüründen randevu teklif etmişlerdi. Malzeme tedarik birimi amiri Ahmet Çakır şirketteki en kıdemli birim amirinin kendisi olduğunu düşünüyor ve müdür yardımcılığı pozisyonu için kendisini uygun görüyordu.

Bu pozisyonun başkasına verilmesi büyük haksızlık olurdu. Dizgi birimini amiri Selim Yılmaz ise üretim bölümündeki en verimli mühendisin kendisi olduğunu sağa sola söylemekten çekinmiyor ve boşalan pozisyon için en iyi adayın kendisi olduğunu belirtiyordu. Test biriminin amiri Metin Şen ise üretim bölümünün iyi yönetilmediğini hep yeteneksiz insanların hak etmedikleri yerlerde olduğunu düşünüyor ve kendisinin önce müdür yardımcılığı sonra da müdürlük pozisyonlarını hak ettiğini ve kendi yönetim politikası ile her şeyin daha iyiye gideceğini etrafına ilan ediyordu.

Ahmet Çakır müdür yardımcılığı pozisyonunu

alabilirse memleketine tayinini isteme fırsatının da doğabileceğinin hesabını da yapmaktaydı aynı zamanda. Selim Yılmaz eğer bu pozisyonu alabilirse şirketteki kadın çalışanlara ulaşmasının daha kolay olacağını ve kadınların kendisine daha ilgi ile yaklaşacaklarını hayal ediyordu. Metin Şen ise geçmiş yıllarda kendisine sudan sebeplerle zorluk çıkaran şirket çalışanlarına karşı yaptırım gücünü artacağına inanıyor ve bir çeşit rövanş alma vaktinin geldiğine inanıyordu. Üç aday şimdiden kulis çalışmalarına başlamışlar ve daha önceden selam vermedikleri kişilere bile selam verip hal ve hatırlarını soruyorlar, babacan tavırlar takınıp herkese karşı iyi görünmeye çalışıyorlardı.

İş yerinde kıyasıya rekabet devam ederken Mehmet

Gündüz'ün evinde matem hâkimdi. Eşi Nilay Gündüz otuz yaşlarında bir kadındı, üniversitede biyoloji öğretmenliği eğitimi görmüştü. Ama mezun olduktan sonra uzun süreli hiçbir işte çalışmamıştı. Nilay uzun dalgalı saçları, ela gözleri olan açık tenli ve uzun boylu sayılabilecek güzel bir kadındı. Herhangi bir erkeğin görünce dönüp bir daha bakmak isteyeceği bir güzelliğe sahipti.

Mehmet üniversitede yüksek lisansını bitirirken henüz birinci sınıfta olan Nilay'la tanışmıştı. Tanıştıkları ilk gün onunla ilgili kararını vermiş, sadece tasarladığı senaryoyu zamana yaymıştı. Mehmet bu güzellikteki bir kadını elde etmenin zorluğunu biliyordu, sabırlı olmak gerektiğinin farkındaydı. Üniversiteye yeni başlayan bir kızın hiçbir zaman evlilik fikrine sıcak bakmayacağını, çoğunun akıllarının havada olduğunu geçmişteki deneyimlerinden biliyordu. Diğer edindiği bir deneyim de, üniversite yıllarında eğilmez bir demir çubuk gibi sert ve kararlı olan kızların, mezuniyetten sonra hayata karıştıklarında, sahip oldukları dirençlerinin bir anda neredeyse yok olma aşamasına gelmesi ve daha "basit" erkeklerle evlenmesiydi.

Kuşu ürkütmemek, acele etmemek lazımdı. Bir insanı kendisine bağlamanın zaman işi olduğunu da biliyordu. Mehmet'le Nilay'ın arkadaşlıkları üç sene devam etti. Bu süre boyunca Mehmet birkaç işte çalıştı ve bir miktar para biriktirme fırsatı elde etti. Nilay'la arkadaşlıkları esnasında onu hiç zorlamadı ve evlilik fikrini hiç açmadı. Bir çeşit sıradan arkadaş gibi gezdiler, dolaştılar ve hoş vakit geçirdiler. Ara sıra küçük soğukluklar yaşasalar da arkadaşlıkları kopmadan devam etti.

Nilay üniversiteden mezun olacağı son dönem

Mehmet Gündüz ile olan arkadaşlığını bitirmeye karar vermişti. Artık okul bitiyor, yeni bir hayata atılıyordu ve eskilerden sıkılmıştı. Mehmet ile olan arkadaşlığını bitirip yeni bir dünyaya merhaba deyip hayata yeni bir başlangıç yapmak istiyordu.

Mehmet'e ayrılmak istediğini telefonla söylemeye karar verdi. Yüz yüze konuşmak onun için çok daha zor olacaktı. Mehmet'ten ayrılmak istediğini Mehmet'e söylediğinde hiç beklemediği bir tepkiyle karşılaştı. Mehmet'in üzülüp sinirleneceğini, ayrılmamak için ve yüz yüze konuşup tekrar düşünmeleri konusunda ısrar edeceğini beklerken durum hiç öyle olmamıştı.

Mehmet ona telefonda "Seni anlıyorum. İstersen

bunu bir ara verme gibi düşünebiliriz. Sonra kısmetse belki yollarımız bir daha kesişir. Benim de işlerim yoğun,

sana zaman ayıramadığımın farkındayım. Bu dönemde sen de bundan sonraki yaşamında neler yapmak istediğini kafanda netleştirirsin." diyerek kapıyı ne kapatmış ve açık bırakmış ama Nilay'ın beklediği tepkiyi vermemişti.

Nilay çok daha sıkıntılı bir konuşma beklerken

mesele çok basit bir şekilde hallolmuştu. Nilay rahatlamış ve sanki omuzlarından büyük bir yükü atmıştı.

Aslında Mehmet'in davranışı tesadüfi değildi.

Mehmet, hayat tecrübesi Nilay'a göre daha fazla olan birisiydi. Bu yaşlarda beş on senelik bir yaş farkı bile kişilerin davranışlarında inanılmaz değişiklik oluşturabiliyordu. Mehmet bir süre sonra Nilay ile tekrar bağlantı kurup şansını son kez kullanmayı, eğer olumsuz olursa da bu perdeyi kapatmayı planlamıştı. Çünkü üniversitede bu şekilde ayrılan çok fazla çift görmüştü.

Nilay mezuniyetten sonra iş aramaya başladı. Hayat beklediğinden de çetindi doğrusu. Üniversitede aslında bir çeşit akvaryumun içinde yaşamıştı. Dış dünyada ilişkiler tamamıyla fayda üzerine kuruluydu. Bazı işler buluyordu ama bulduğu işler ya düşük ücretli ya da çalışma ortamının aşırı yoğun olduğu işlerdi. Çalıştığı işlerdeki insan kalitesi de çok düşüktü.

Girdiği bazı iş mülakatlarında ise mülakatı yapan

kişinin kendi vasıfları ile ilgilenmek yerine daha çok güzelliğine yoğunlaştığının farkına varıyor bu da onu rahatsız ediyordu. Devlet işlerinde çalışmak için gerekli olan sınavlara girip ilgili başvuruları yapmıştı ama devletteki atamaların çok yavaş olduğunu biliyordu. Bir de seçilirse tabii...

Mehmet yıllar önce okuduğu bir kitaptaki şu sözü hiç

unutmamıştı "İnsanlar ideal koşullarda değil en zayıf oldukları zamanlarda evlilik kararı alırlar." Mehmet de Nilay gibi benzer aşamalardan geçmişti ve önde gitmenin avantajlarını kullanıyor ve planlarını ona göre yapıyordu.

Nilay'ın mezuniyetinin üzerinden yaklaşık yedi ay geçmişti ve bir gün çalan telefonu açtığında karşısında üniversitede çıktığı Mehmet Gündüz'ü bulmuştu. Buna hem şaşırmış hem de aslında biraz sevinmişti. Mehmet Nilay'ı zayıf anında yakalamaya çalışmış ve başarmıştı. Nilay ile tekrar buluşmak istediğini belirtmiş ve Nilay da kabul etmişti.

Bundan sonraki olaylar Mehmet'in lehine gelişmişti.

Nilay Mehmet'i bir çeşit sığınacak liman olarak görmüştü.
40

Ailesi başka şehirde yaşadığından dolayı hayatı tek başına omuzlamak belki ona zor gelmişti ve bu koşullarda bir hayat arkadaşının yaşamı onun için oldukça kolaylaştıracağının farkındaydı.

Kısa süreli bir birlikteliğin ardından evlenmeye karar

vermişler ve bu evlilikten Benginur isimli bir kızları dünyaya gelmişti. Nilay, kızı büyüyene kadar çalışmama kararı almıştı. Bu karar eşi tarafından da desteklenmişti.

Ve aile saadetleri maalesef dört sene sürmüştü. Bu beklemedik ölüm, Nilay'ın hayatını tamamen alt üst etmişti. Bir maganda sadece Mehmet'i hayattan koparmakla kalmamış bir anne ve onun küçük kızının bütün hayatını mahvetmişti.

Küçük kız, babasız olarak büyüyecek ve baba sevgisinden ve korumasından mahkûm bir şekilde hayatla mücadele edecekti. Bir genç anne ise özellikle çocuğunu büyütmek için çalışmamayı tercih etmişken şimdi hem çalışmak zorunda hem de aynı anda çocuğuna bakmak zorunda kalacaktı. Oturdukları evi satın almak için bankadan on yıllık kredi çekmişlerdi ve daha yarıdan fazlası ödenmemişti. Bu paranın ödenmesi de artık zor gözüküyordu.

Mehmet'in annesi ile de ilgilenecek hiç kimse yoktu

yakınlarda. Nilay'la Mehmet'in annesi Ayşe Hanımın arası pekiyi değildi. Bu olaydan sonra araları biraz daha durulsa da Nilay Mehmet'in annesine sürekli olarak bakmak istemiyordu ve ayrıca çalışmak zorunda kalacağı için buna ne zamanı ne de maddi imkânları el verecekti.

Nilay baba evine dönmeyi de düşünmüyordu. Babası baskıcı ve geçinilmesi zor bir insandı. Babası ile geçmişte yaşadığı olaylar aklına gelince alnından başlayarak aşağıya doğru yayılan bir sıcaklık hissetti. Aynaya bakınca yüzünün kızarmış olduğunu gördü. Evet, zor olacaktı ama ayakta durmalıydı. Yaşamla mücadele etmeliydi. Çocuğu için çalışmalı ve mücadele etmeliydi. Yavrusunu büyütmeli, o yetişkin bir insan olup ayakları üzerinde duracak duruma gelene kadar ona destek olmalıydı.

Mehmet'in vefatının üzerinden yaklaşık olarak bir ay geçmişti. Bu süre zarfında Nilay cenaze defin işlemlerini yapmış, taziyeye gelen ziyaretçiler ağırlamış ve gelecekle ilgili büyük bir iştahla öğüt verip duran yığınla insanı sabırla ve istemeyerek dinleyip durmuştu.

Bir Cumartesi günü Nilay, kızı Benginur'u öğle vakti doğru evinin yakınında olan bir parka götürmeyi planlıyordu. Saat sabahın on biriydi ve kapı zili çaldı.

Nilay "Allah Allah, kim acaba? Beklediğimiz kimse de yok." diye kendi kendine söylenerek kapıyı açtı. Kapıda sanki daha önce görmüş olduğu bir adam duruyordu.

Adam "İyi günler hanımefendi. Ben Selim Yılmaz, eşinizin iş yerinden arkadaşıyım. En iyi arkadaşlarımdan birisiydi. Vefatına çok üzüldük. Eğer herhangi bir şeye ihtiyacınız olursa size yardımcı olabileceğimi söylemeye geldim." dedi.

Nilay bir anlık şaşkınlığın ardından "Teşekkür

ederim, şu an bir ihtiyacımız yok." demekle yetindi.

Selim Yılmaz ardı ardına yardım önerilerini yinelemeye başlamıştı. Çocuk ile ilgili bir yardım gerekiyorsa onu da yerine getirebileceğini sözlerine ekledi. Sürekli olarak konuşmanın devam etmesini sağlamaya çalışıyor ve bir yandan da sanki eve davet edilmeyi bekliyordu. Nilay Selim Yılmaz'ın bu ruh hâlini fark etti ama yakinen tanımadığı birini eve almasının doğru olmadığını düşünüyordu.

Eve davet edilmekten umudunu kesen Selim Yılmaz, kartını vererek acil durumlarda kendisine ulaşabilecekleri telefonları kartın üzerinde Nilay'a gösterdi ve yavaş adımlarla arkasını dönüp gitmek zorunda kaldı.

Nilay kapıyı kapattıktan sonra kanepeye oturdu ve

üzerindeki şaşkınlık gidene kadar kanepede oturmaya devam etti. Bir taraftan da bu adamı ne zaman ve nerede gördüğünü hatırlamaya çalışıyordu. Bir müddet düşündükten sonra hatırladı. Eşi bayram arifesi olduğu için işten erken çıkacaktı ve eşinin memleketine arabaları ile gideceklerdi. Zaman kazanmak açısından Nilay eşinin iş yerine gitmişti ve bu adamı o zaman orada görmüştü.

O zaman bu adam hakkında söyledikleri aklına geldi.

"Uzak durulması gereken bir adam, bu adama yaklaşırsan üzerine pislikten başka bir şey bulaşmaz." demişti.

Ve o adam bugün yardım bahaneleri ile buraya kadar gelmişti. Acaba adresi nasıl buldu diye mırıldandı Nilay. Sonra bunun zor olmayacağı, iş yerinde ev adres bilgilerinin mevcut olabileceği aklına geldi.

Nilay kaynanasından geçici bir süreliğine evine taşınmasını istedi. Hem çocuğu ile hem de kaynanası ile ayrı ayrı evlerde ilgilenmesi zor olacaktı. Bundan dolayı kaynanasını çok sevmese de bir süreliğine kendi evinde misafir etmenin kendisi için daha rahat olacağına kanaat getirmişti. Bir iki gün içinde Nilay'ın kaynanası gelininin evine taşındı.

Nilay'ın kaynanası Ayşe Hanım, yetmiş yaşlarında

buğday tenli kır saçlı biraz kamburu çıkmış Ege şivesi ile konuşan, yaşına rağmen kuvvetli bir hafızası olan klasik bir Anadolu kadınıydı. İlkokuldan sonra eğitimine devam etmemişti. Söylediğine göre de ilkokulu dışarıdan bitirmişti. Ama belki de hiç okul okumamış, okuma yazmayı kurslardan öğrenmişti.

Nilay ve kaynanası aynı çatı altında yaşasalar da

zorunlu olmadıkça birbirleriyle fazla konuşmamayı tercih ediyorlardı. Ayşe Hanım zamanını genelde odasında geçiriyor, zaman zaman torunuyla oyunlar oynuyor, zaman zaman da ev işlerine ufak tefek yardımlar yapmaya çalışıyordu. Nilay ev içindeki bu soğukluğun farkındaydı ve kaynanasında nasıl ayrılabileceğinin hesaplarını yapmaya başlamıştı. Rahmetli kocasının iki erkek kardeşi daha vardı. Pekâlâ annelerini yanlarına alabilirlerdi. Zamanı geldiğinde eşinin kardeşlerini arayacaktı. Bunu ilk fırsatta yapmalıydı.

Nilay kaynanası ile yaklaşık üç ay birlikte oturdu ve

artık ayrılmamın zamanı geldi diyerek eşinin kardeşlerini sıra ile aramaya başladı. İlk olarak eşinin küçük kardeşi

İlhan'ı aradı. İlhan, Nilay'ın annesini alma önerisine sıcak yaklaşmadı. Eşine sorması gerektiğini ve ayrıca durumlarının çok iyi olmadığından dolayı büyük ağabeyi İsmail'e sormasını istedi.

Nilay İsmail'i aradığında, İsmail kendi eşinin annesi

ile geçinemeyeceğini bundan dolayı en doğrusunun Nilay ve Ayşe Hanımın birlikte yaşamalarının olduğunu ve gerekirse kendisinin arada sırada maddi yardım yapabileceğini belirtti. Kardeşlerin annelerini yanlarına almaya yaklaşmamaları Nilay'ın canını sıkmıştı ama şimdi bunu düşünmenin yararı yoktu. İlk olarak iş bulma olayını halletmeliydi ve daha sonra ise Benginur'a bir kreş bulmalıydı. Şu an sadece bu iki konuya yoğunlaşması gerektiğini düşünüyordu.

4

DAYANMA

Mehmet Gündüz'ün annesi Nilay'a hafta sonu oğlunun mezarını ziyaret etmek istediğini söyledi. Nilay rahmetli eşinin arabasını çok iyi kullanamasa da arabayla gidebileceklerini ve arabayı kendisinin sürebileceğini söyledi. Mehmet'in annesi Ayşe Hanım oğlunun ölümü ile tam bir çöküntü içerisine girmişti. Yaşam onun için artık tamamen tatsızdı. Oğlunun vefatının acısının kalbinde yaşamının sonuna kadar hiç azalmayacağını biliyordu ve artık bu acıyla birlikte yaşayacaktı.

Hafta sonu çabucak geldi. Gelin, kaynana ve torun,

mezarlığa Mehmet Gündüz'ün kabrini ziyaret etmeye gittiler. Nilay mezarın başında durdu ve ilk defa bazı şeyleri sorgulamaya başladı. Bir anda hayata geliyor ve bir anda hayattan gidiyorduk. Şu anda eşi toprağın altındaydı. Ama dikkatli olarak düşününce ilginç bir olaydı bu. Sanki bir akvaryumun içinde yaşıyor ve bu akvaryumun sınırlarının dışına çıkınca içerisi ile hiçbir şekilde bilgi alışverişi mümkün olmuyordu.

Ölen insan hakkında bin bir çeşit ifadeler kullanılıyordu. Bazıları ölen şahsın aslında canlı olduğunu ve bizi duyduğunu ama konuşamadığını söylüyorlardı. Bunlar sadece söylemden ve inanıştan ibaretti ve hiçbir şekilde ne somut veya soyut kanıtları yoktu. Bazıları da ölen kişinin ruhunun dolaştığını ve insanın rüyasına girebileceğini söylüyorlardı. Nilay çok fazla rüya görmüştü ama bu rüyalar genelde yaşamda onu etkileyen olayların bilinçaltından uyku esnasında açığa çıkması şeklindeydi. Hikâye ve tarih kitaplarında bazı insanların rüyalarında geleceğe yönelik haberler alabildiklerini veya iyi insanları rüyalarında görüp onlarla konuştuklarından bahsediyorlardı. Ama bunlar doğru veya yanlış olsun ne fark ederdi ki? Nilay o tür rüyalar hiç görmemişti ve ileride de göremeyeceğini düşünüyordu. Sonuçta olan gerçeklerle hareket etmek gerekiyordu. O tür rüyalar görebilenler varsa bile ben o grup insanların arasında değilim ve ait olmadığım bir grubun neler yaşadığının da benim açısından çok da önemi yok diye düşündü. Üniversite sınavında çok yüksek puanlarla girilebilen bir okulun varlığının, eğer ben o okulda okumuyorsam, benim için ne önemi vardı ki? Bu da işte böyle bir şeydi diye düşündü.

Peki, şu anda Mehmet neredeydi, nereye kaybolmuştu? Evet, ölmüştü, yok olmuştu. Şu an burada değildi ve bir daha da burada olamayacaktı. Acaba Mehmet ölürken neler hissetmişti, acı çekmiş miydi? Yoksa yoğun bir uyku gelir gibi uykuya dalıp bir daha hiçbir şey hissedip duymamış mıydı? Gerçekten etrafta dolaşıyor ve bizleri görüyor muydu? Diyelim etrafta dolaşıyor, o zaman dolaşıp durmaktan insan sıkılmaz mıydı? Veya beni ve kızını görüp üzülmez miydi? Dolaşıyorsa gideceği yerlere kendisi mi karar veriyordu? Bunların çoğu sadece baş kısmı olan ve gerisi olmayan hikâyeler gibiydi. Üzerinde derin bir şekilde düşünülmemişti.

Oysa binlerce din adamı ve bilim insanı mevcuttu. Neden bu konu üzerinde kafa yormamışlar ve bu konuda diğer bilim dallarında olduğu gibi zaman içinde daha tatminkâr sonuçlar içeren açıklamalar yapmamışlardı? Genelde yüzlerce sene önce de anlatılan hikâyelerle bazı şeyler açıklanmaya çalışılıyordu. Belki de bu tür şeylerin bir çalışma alanı olamazdı. Her insanın bu tür konuları kendisinin düşünmesi gerekiyordu ve bu açıklamaları

kendisinin yapması lazımdı. Belki de yaşamın gayelerinden

birisi buydu. Ama insanların zekâ ve eğitimleri farklı farklıydı ve bu konuda hiç kafa yormayacak veya yoramayacak milyonlarca belki de milyarlarca insan vardı dünya yüzeyinde. Ayşe Hanım oğlunun mezarı başında ellerini kaldırarak çeşit çeşit dualar etti ve gözyaşı döktü. Bir süre daha mezarlıkta vakit geçirdikten sonra eve geri döndüler.

Nilay eve döndükten sonra iş ilanlarını araştırmaya

kaldığı yerden devam etti. İşe yarayabileceğini düşündüğü her türlü ilanı bir kâğıda not ederek bazılarına internet üzerinden bazılarını da telefonla arayıp randevu alarak başvuruda bulundu.

Birkaç hafta sonra Nilay'ı bir işyerinden görüşme için

çağırdılar. Kendisi gibi en azından on, on beş kişi daha bekleme salonunda mülakat için bekliyorlardı. İçeriye hangi sıraya göre aldıkları belli olmayan bir mantıkla yarım saatte bir teker teker adayları çağırıyorlardı.

Nilay yaklaşık bir saat bekledikten sonra "Bu adamlar çalışanlarına ne gözle bakıyorlar acaba? Sanki çalışan değil de, onlara muhtaç ve her dediğine razı olacak insanı seçmeye çalışıyorlar gibi." diye söylendi. "Yoksa bu kadar insanı aynı saatte çağırıp kapıda bekletirler miydi?" diye düşündü. En son mülakata girecek kişi nereden bakarsan en az üç saat bekleyecekti burada.

Bu iş yeri ona uygun değildi. En azından biraz daha

insani değerlerin geliştiği ve çalışana saygı duyan bir yer aramalıydı. Bekleme salonunda bekleyen kişilerin şaşkın bakışları arasında sandalyeden kalkarak dışarı çıktı. Nilay tam çıkarken, şirket yöneticilerinden birinin odasından çıkıp arkasından sinirli bir hareket yaptığını kapının yüzeyindeki yansımadan görünce adımlarını daha da hızlandırdı.

Nilay bir kaç hafta sonra başka bir görüşme için

çağrıldı. İşin kapsamı yönetici asistanı şeklindeydi. Randevu saatinde iş yerine gitti. Randevu odasında kendisi gibi iki kişi daha vardı. Birkaç hafta önce gittiği iş yerine göre daha düzgün bir çalışma yerine benziyordu. Fazla beklemedi ve mülakat odasına çağırdılar. Gösterilen sandalyeye oturdu. Karşısında şirketin ortaklarından olan kalın bıyıklı ve hafif kel olan kırk beş yaşlarında iri yarı bir adam oturuyordu. Adam Nilay'a geçmiş iş tecrübelerini kısaca anlatmasını istedi. Nilay iş tecrübesi olmadığını ama iyi bir okuldan mezun olduğunu ve kısa sürede herhangi bir işe uyum sağlayacak ve işi öğrenebilecek bir düzeyde olduğunu söyledi.

Bunun üzerine adam iş hakkında Nilay'a bazı bilgiler verdi. Bu arada adam Nilay'ı baştan aşağıya süzüyor, giydiği elbiseyi düğmelerine kadar inceliyor, kaçamak bakışlarla ayakkabılarına bakıyor, hatta bacağının gözüken kısmındaki naylon çorabı bile dikkatle inceliyordu. Nilay, adamın kendisini bu kadar dikkatle incelmesinden rahatsız olmaya başlamıştı ve bir an önce mülakatı bitirip gitme derdine düşmüştü. Adamın onu süzüp durması bir an önce gitmesi gerektiğini düşünmesine neden olmuştu.

Sorulan sorulara kısa yanıtlar vererek savuşturmaya

çalışsa da adam bir türlü mülakatı bitirmiyor uzatıp duruyordu. Sonunda mülakat bitti ve Nilay çantasını alıp çıkmak için hamle yaptığı sırada adam Nilay'ı uğurlamak için çevik bir hareket yapınca Nilay istemeden de olsa adamla yanak yanağa öpüşerek iş yerinden ayrıldı.

Dışarı çıkınca kendi kendine "Ne kadar aptalım, bu

ayı ile öpüşmeden çıkamaz mıydım? Bu kadar çekingen olmamam lazım. Daha kararlı ve cesur olmalıyım ve hiç kimsenin altında ezilmemeliyim." diye mırıldandı.

Nilay bu iki tatsız iş başvurusu deneyiminden sonra her gördüğü iş ilanına başvurmama kararı aldı. Şirketleri biraz daha detaylı inceledikten sonra iş başvurusu yapıp yapmamaya karar vermesi gerektiğini düşündü. Artık daha kurumsal olduğunu düşündüğü yerlere başvuruda bulunuyordu.

Bir gün beklemediği bir telefon aldı. Bir

üniversiteden, sekreterlik için yapmış olduğu iş başvurusu için ertesi güne mülakata çağırıyorlardı. Nilay sevinçten çılgına dönmüştü. Aylardır iş arıyordu ve sonunda istediği gibi bir iş karşısına çıkmıştı. Eğer bu işe girebilirse en azından geçici bir düzen kurabilir ve hızla azalan birikimlerini harcamaya bir son verebilirdi.

Nilay ertesi günü zor etti. Gece yatağında dönüp

durdu, mülakatta söyleyeceklerini kafasında netleştirmeye çalıştı. Sabah kalkıp kaynanası ve Benginur ile kahvaltı yaptı. İyi uyuyamamıştı ve bu yüzden mülakatının kötü geçmesi tedirginliğini yaşıyordu. Üniversiteye kadar taksi tuttu. Burası özel bir üniversiteydi ve Nilay, inşaat mühendisliği bölümünün sekreterliği için mülakata girecekti.

Sonunda Nilay mülakat odasına alındı. Odada üç kişi

vardı. Birisi mühendislik fakültesinin dekanı, diğeri inşaat mühendisliği bölüm başkanı, diğeri de üniversite genel sekreteriydi. Daha önceki şirketlerde karşılaştıkları kişilere göre daha düzgün görünüme sahip kişilerdi; en azından okumuş insanlardı ve hepsi de takım elbise giymişti.

Klasik olarak daha önceki iş deneyimini sordular,

daha sonra da bölüm sekreterliğinin oldukça yoğun bir iş olduğunu ve üniversite yönetmelik ve yönergelerini bilmesi gerektiğinden bahsettiler. Nilay söylenen her şeye olumlu cevap vermeye çalışıyordu. Bu işe çok ihtiyacı vardı ve ne olursa olsun bu işe kabul edilmek istiyordu. Söyledikleri her şeyi kabul ediyor ve öğrenmesi gerekenleri öğrenmekte ihmal göstermeyeceğini yenileyip duruyordu.

Nilay'ın çok istekli olması mülakat komitesinin gözünden kaçmamıştı. Mülakat sonunda Nilay sonucun ne zaman açıklanacağını sordu. Dekan bir hafta içinde okulun web sayfasında mülakat sonuçlarını yayınlayacaklarını belirtti. Nilay teşekkür ederek oradan ayrıldı. İçi içine sığmıyordu.

Mutluluğundan Benginur'a yol üzerindeki

oyuncakçıdan pahalı bir oyuncak çamaşır makinesi satın aldı ve hediye paketi yaptırdı. Kaynanasına bile bir şey almayı bile düşündü. Mutluluk böyle bir şeydi işte. İnsanı daha iyi yapıyordu. İnsanın etrafına iyilik yapması için önce kendisinin mutlu olması gerekiyordu. Mutlu insan etrafına iyilik yapmaya çalışırdı. Mutsuz ve melankolik bir insanın etrafıyla ilgilenmesi bile düşünülemezdi.

Nilay dizüstü bilgisayarından günde en az üç defa

üniversitenin sayfasına girerek herhangi bir açıklama olup olmadığını kontrol ediyordu. Gerçi sonuçların bir hafta sonra açıklanacağını söylemişlerdi ama Nilay gene de kendine hâkim olamıyor ve her gün okul sayfasına girerek kendisi ile ilgili bir şeyler bulmaya çalışıyordu.

Sonunda bir haftalık süre tamamlanmıştı ama okulun

sayfasında hâlâ hiçbir açıklama yazısı konulmamıştı. Bunun üzerine Nilay okula telefon ederek mülakat sonuçlarının ne zaman açıklanacağını sordu. Okuldaki görevliler ise bu konuda herhangi bir bilgiye sahip olmadıklarını söylediler ve okulun web sayfasını takip etmeye devam etmesini tavsiye ettiler. On gün olmuştu ve web sayfasında hâlâ bir açıklama yoktu. Nilay'ın umutları yavaş yavaş yok olmaya başlıyordu. Herhâlde alım işinden vazgeçtiler sanırım diye düşünmeye başladı.

Nilay umutlarının sönmek üzere olduğu bir günün sabahında kahvaltıdan önce okulun web sayfasına girerek bir defa daha bakmayı düşündü. Yirmi gün geçmişti ama bir hafta sonra açıklanacak denilen sonuçlardan dün itibariyle herhangi bir iz yoktu. Belki bu sabah son bir umut diye söylendi kendi kendine. Sayfa yavaş yavaş açılıyordu, internet biraz kötüydü bugün. Nilay okulun ana sayfasında birtakım değişiklikler olduğunu fark etti ve sekreterlik mülakat sonuçları linkine tıkladı. Sayfa ağır ağır açılıyordu. Nilay nefesini tutmuştu, kalbi hızlı hızlı atmaya başlamıştı. Açılan sayfada başarılılar başlığı altında kendi ismini görünce bir sevinç çığlığı attı ve koşup kızı Benginur'a sarılıp onu havaya kaldırdı. Sevince kaynanası da ortak olmuştu. Kaynanası ile bir araya gelip sevinç yumağı oluşturacağını rüyasında bile görse inanmazdı ama şu anda gerçek buydu.

Belki de eski kırgınlıkların üzerine bir sünger çekip

yeni bir hayata başlamalıydı. Buna kaynanası ile geçmişte yaşadıkları da dâhildi. Eğer kendisi değişirse başkaları da değişirdi.

Bu süreçte Nilay şunu keşfetmişti: kendi ayakları

üzerinden durabilmenin bir insana verdiği güven ve mutluluk. Evet, aslında özgürlük dedikleri şey buydu ve Nilay biraz geç farkına varmıştı. Mehmet ile olan evliliklerinde çalışma ihtiyacı hissetmemiş ve ayaklarının üzerinde durmak ne demek öğrenmemişti. Bunu şu an yaşıyordu ve bu harika bir duyguydu.

Nilay okulun sayfasındaki açıklamaları iyice okuduktan sonra gerekli belgeleri toplama çabası içerisine girdi. Belgeleri tamamladıktan sonra okulun insan kaynakları bölümüne teslim etti. İşe başlama tarihi olarak bir sonraki ayın ilk günü olarak kararlaştırıldı. Şimdi Temmuzun yirmisindeydiler ve bir sonraki aybaşına on gün kalmıştı. Okullar Eylül ayında açılacağına göre

hazırlık yapacak vakti vardı. En azından işle ilgili bir takım sorunları diğer sekreterlere sorabilirdi.

Nilay ay sonunda işine başladı. Kısa sürede diğer bölüm sekreterleriyle ve dekanlık sekreteriyle yakın arkadaşlıklar kurdu. Çalıştığı bölüme uyum sağlamış ve bölümün kilit personelinden birisi hâline gelmişti.

Eylül geldiğinde üniversitenin içi bir anda cıvıl cıvıl

olmuştu. Tatilden dönen öğrenciler okula dinamik bir hava getirmişler ve ortalığın hareketlenmesine neden olmuşlar ve tabii buna paralel olarak bölümün işleri de bir anda artmıştı. Nilay bir an olsun boş durmuyor, sürekli olarak bir şeyler soran veya bilgi almak isteyen öğrenciler tarafından ziyaret ediliyordu. Nilay genç insanlar arasında bulunmaktan keyif alıyordu. Bu genç insanlar arasında çalışmak insanı hiç yaşlandırmaz diye düşünüyordu. Diğer taraftan üniversite gençlerinin taşıdıkları gençlik enerjisi ona da enerji aşılıyor ve eşinin vefatından sonra onun silkinmesinde ve hayata bağlanmasında önemli etkisi oluyordu.

Nihal artık ailesinin geçiminden de sorumlu olan kişi pozisyonuna geçtiği için işine mümkün olduğu kadar özen göstermeye çalışıyor, sabahları erken kalkıyor, geç yatmamaya dikkat ediyordu. Benginur'un bakımı ile kaynanası ilgileniyordu. Bir ara kurtulmaya çalıştığı kaynanası bir anda onun en büyük destekçisi olup çıkmıştı. Benginur'u kreşe gönderecek ne maddi gücü ne de zamanı vardı. Kaynanasının Benginur ile ilgilenmesi en ciddi sorunun halledilmiş olduğu anlamına geliyordu.

Okuldaki bir sene çabucak gelip geçiverdi. İlk işi

olması itibarı ile bazı konularda amatörlük yaşamıştı ama gene de son bir yılki çalışma haritası göz önüne alındığında ciddi bir sorunla karşılaşmamıştı.

Nihal bir taraftan da daha yüksek ücretli ve kendi branşına yönelik işleri arama çalışmasına devam ediyordu. Okulun yönetimi mütevelli heyeti tarafından yapılıyordu ve mütevelli heyeti üyeleri her dört yılda bir çeşitli kurumlardan seçimle geliyorlardı. Bu sene ortalıkta bir takım dedikodular dönüp duruyordu. Fısıltılar bu sene mütevelli heyeti başkanının değişeceğini, bunun da bütün heyet üyelerinin de değişmesi anlamına geldiğini söylüyordu. Bu değişim üniversitedeki bütün taşların yerinden oynaması anlamına geliyordu. Herhangi bir değişiklik durumunda, kendi konumuna ne olabileceği konusunda hiçbir fikri yoktu. Şu anda bu işe çok ihtiyacı olduğunu biliyor ve her türlü dedikodudan ve yemeklerde yönetimle ilgili yapılan eleştirilerden uzak durmaya çalışıyordu. Çok fazla iş deneyimi olmamasına rağmen şu anda okulda bir kırılma anının yaşandığını ve bunun birçok kişiyi mutsuz edebilecek sonuçlar doğurabileceğini hissedebiliyordu.

Üniversite eğitimi esnasında da şahit olduğu üzere, fısıltılar ve dedikodular bir gün gerçeğe dönüşüverirdi. Yine aynı şey tekrarlandı ve fısıltılar gerçek oldu. Mütevelli heyeti başkanı emekli olup ayrıldı ve yerine gelen başkan seçime giderek heyet üyelerinin tamamını değiştirdi. Değişikli bununla da kalmadı. İlk olarak rektörün süresinin dolması beklendi ve süresi dolar dolmaz emekli edilerek yerine yeni mütevelli heyeti başkanının adamı olarak adlandırılan bir akademisyen rektör olarak atandı. Yeni gelen rektör de boş durmadı ve bütün dekanlar ile bölüm başkanlarını değiştirme çabası içerisine girdi.

Nilay iş arkadaşlarına bu durumun daha önce de

böyle olup olmadığını sordu. Arkadaşları da okulun yönetiminde bir devamlılık anlayışının olmadığını ve her gelen yönetimin kendi menfaatleri ve yönetim anlayışına uygun kişileri kilit noktalara yerleştirme derdine düştüğünü anlattılar. Bunun da okulun kurumsal bir kimlik kazanmasına ve geçmişte başlatılan teknik ve idari bazı projelerin hep yarım kalmasına veya tamamen kaldırılmasıyla sonuçlandığını söylediler. Ayrıca bazı konumlara atanan kişilerin oldukça yetersiz olmasına rağmen sırf yönetime yakın olmasından dolayı bu konumlara atandığından ve onların kurumun işleyişi için gerçekten büyük bir baş belası olduğundan bahsettiler.

Değişimin etkisi kısa sürede Nilay'ın çalıştığı fakülteye de yansıdı. Fakülte dekanı ve Nilay'ın çalıştığı bölümün başkanı kısa sürede değişti. Okulda bazı işten çıkarmalar ve istifalar da yaşandığından dolayı idari personel sıkıntısı yaşanmaktaydı.

Yeni fakülte dekanı fakülte idari personeli ile tanışma toplantısı yapacağını eposta ile bütün personele bildirdi. Tanışma toplantısı bir sonraki gün olan Çarşamba günü yapılacaktı. Nilay bütün idari personel gibi dekanlık toplantı salonuna gitti. Büyük bir oval masanın başında mühendislik fakültesi dekanı, masanın etrafında da idari personel çalışanları sandalyelere oturmuşlardı.

Dekan ilk olarak kendisi hakkında bilgi verdi, daha

sonra da idari personelden beklentileri hakkında konuştu. Daha sonra da iş disiplini konusunda bir nutuk attı. Dekan konuşurken bir taraftan da idari personeli teker teker süzüyordu. Masadaki yirmi civarı personelin on yedisi kadındı.

Nilay birkaç kez dekanla göz göze geldi, bu adamdan

hoşlanmamıştı. Nilay'a göre dekan çamur suratlı denebilecek bir adamdı ve yüzünde iyi bir insanın taşıyabileceği bir ifade yoktu. Öyle bile olsa Nilay sadece işine konsantre olduğu ve işini iyi bir şekilde yaptığı sürece ve bu adamla zaten fazla teması olmayacağından dolayı korkacağı bir şeyin olmadığını düşünüyordu.

Toplantı bitti ve herkes işinin başına döndü. Yeni

yöneticiler geleli yaklaşık bir ay gibi bir süre geçmişti ve Nilay yeni yöneticilere de alışmaya başlamıştı. Bir gün bölüm başkanı Nilay'ı odasına çağırarak bir konuda konuşmak istediğini söyledi. Nilay biraz merak ve biraz korku ile bölüm başkanının odasında girdi. Bölüm başkanı hemen konuya girdi ve dekanlığın işlerinin

yoğunluğundan dolayı bir sekretere daha ihtiyaçları

olduğunu söyledi. Dekanın geçici olarak Nilay'ı istediğini buna bölüm başkanı olarak karşı çıksa da dekanın ısrarı üzerine bunu onaylamak zorunda kaldığını anlattı. Ek olarak da Nilay'ın yokluğunda inşaat bölüm sekreterliğine geçici olarak şehir ve bölge planlama bölümünün sekreterinin bakacağını söyledi.

Bölüm başkanının söylediklerini duyduğunda Nilay'ın rengi bir anda attı. Dekan olacak adamı hiç sevmemişti zaten ve şimdi adamın burnunun dibine gidecekti. Ama

en azından geçici bir süre zaten, idare edebilirim diye

düşünerek kendisine moral vermeye çalıştı.

Nilay aynı gün eşyalarını toplayarak dekanlık sekreterliğine taşındı. Dekanlık sekreterliği bir üst kattaydı ve oraya giderken merdivenleri çıkmak bile istemiyordu. Nilay dekanlık sekreter masasına yerleşti. Diğer sekreter de karşı odada bulunuyordu. Dekan odasına doğru giderken Nilay'a pis bir gülümsemeyle hoş geldin dedi ve tokalaştı. Nilay istemeyerek adamın uzattığı eli tuttu ve bu esnada dekan işlerin yoğunluğundan bahsetti, bu arada tokalaştığı eli de tutmaya devam etmişti. Sonra odasına girdi.

Nilay işe gereği sürekli olarak dekanın odasına girmek

zorunda kalıyordu. Bazen bir telefon görüşmesini

aktarıyor bazen bir randevu talebini iletiyor bazen de imzalanacak bir yazıyı dekana götürüyordu. Dekan Nilay göreve başladıktan birkaç hafta sonra Nilay'a daha yakın davranma çabası içine girmişti. Her fırsatta vücut teması kurmaya çalışıyordu. Bazen Nilay'ın üzerindeki giysiye iltifat ediyor, kızınınki ile aynı olup olmadığını anlamak için dokunuyor, havadan sudan olaylarda kutlama havasına giriyor ve elini sıkıp yanak yanağa öpüşmeye çalışıyordu.

Bir gün Nilay dekana kendisinin hazırladığı

imzalanacak bir evrak götürdü. Dekan evrakı önce okudu ve bazı hatalar olduğunu belirtti. Sonra ayağa kalkarak bu tür hatalar yapmaması gerektiğini söyleyerek bir anda Nilayın iki elinden tuttu. Bu arada Nilay'a evrak hatalarından bahsediyor, güya babacan bir tavırla ellerini sıkı sıkı tutarak ona yardımcı olmaya çalışıyordu. Daha sonra dekan işi bir adım daha ileri götürerek Nilay'ın güzelliğinden bahsetmeye başladı. Kollarının inceliğinden ve güzelliğinden dem vurdu.

Nilay daha fazla dayanamayarak iki kolunu dekanın

iki avucundan hızla çekerek kurtarmaya çalıştı ve kendisini geriye atarak bu itici mahlûktan bir an önce kurtulması gerektiğini düşündü. Geriye dönerek hızlı adımlarla odayı terk etti ve doğruca karşı sekreterin odasında soluğu aldı.

Nilay'ın morali çok bozulmuştu, sekreter odasında bir anda gözyaşlarına boğuldu. Mehmet'in vefatından sonra uzun süre iş aramıştı ve kızı Benginur ve kaynanası Ayşe Hanımın geçimleri artık onun omuzundaydı. Bu işe ihtiyacı vardı ama maalesef böyle bir dekanla aynı yerde çalışmak zorundaydı ve bunun imkânı yoktu.

Nilay'ın ağlaması üzerine diğer sekreter dekan mı seni rahatsız etti diye sordu. Diğer sekreter bu olaya şaşırmış gözükmüyordu. Sanki bu ilk defa olan bir olay değilmiş gibi tecrübeli bir şekilde olaya yaklaşıyordu. Nilay

Dekanın bakışlarından rahatsız olduğunu ama idare

ettiğini fakat bu gün bir bahane ile adamın ellerine sarılması üzerine bu adamla çalışmaya daha fazla dayanamayacağını söyledi. Diğer sekreter ise bu konuda bir şey yapılamayacağını, bu adamın zaten yönetimin bir piyonu olduğu için buraya atandığından bahsetti. "Bu adamı şikâyet edeceğin kişiler zaten bu adamı buraya getiren kişiler, kimi kime şikâyet edeceksin." dedi. Nilay ne yapacağını bilemiyordu. Şu anda bu işten ayrılması olası değildi. Henüz maddi olarak bir birikim de yapamamıştı ve işsizliği kaldıramazdı. Diğer sekreterin

konuşmalarından anladığına göre bu adamın rahatsız ettiği

ilk kadın kendisi değildi. Diğer kadınlar da kendisi gibi çaresiz bir durumda kalıp seslerini çıkarmamışlardı. Eğer olayı taciz olarak polise aksettirse özel okulun yapacağı ilk şey sorunlu personelden kurtulmak olacaktı ve bu da Nilay'ın hemen işten atılacağı anlamına geliyordu. Evet, maalesef özel üniversite bile olsa fark etmezdi. Sadece kendi kazanacakları paraya ve okullarının imajına önem verirler bunun dışındaki her şey onlar için ikinci, hatta üçüncü, hatta en son hangi sayı söylenebiliyorsa o sıradaydı.

Yani diğer bir deyişle para adamlar için her şeydi. Peki ya Allah? Bir yaratıcıya inanıp inanmadıklarını sorsan "Evet inanıyoruz." diye cevap verirlerdi. Ama onlar için para her şeydi ve geri kalan hiçbir şeyin önemi yoktu. İnsanların ne düşündüğünün, adaletin, hakkın hiçbir önemi yoktu. Sadece kendi işletmelerinin itibarı ve kazanacakları para... İşte bu her şeydi onlar için.

Aslında bunlar günümüzün modern putlarıydı. Put

denen şey insanın ulu saydığı ve büyük gördüğü en büyük yaratıktı. Eski zamanlarda insanlar heykel tarzı şeyler yaparak yaptıkları bu şeylere yücelik atamışlar ve onları kendilerine putlar yapmışlardı. Şu zamanda ise insanlar kısmen daha akıllıydılar ve heykel gibi nesnelerde bir yücelik olmayacağını biliyorlardı. Ama bu yüceliği bazıları paraya bazıları da mesleki kariyere bazıları da yaptıkları işe vermişlerdi. Bunların dışındaki her şey önemsizdi onlar için.

İnsan illaki mantıktan ayrılmamalıydı. Ama paranın

her şey olduğu fikrine birçok kişi güya mantığı ile vardığını iddia ediyordu. Evet, mantıklıydı belki ama kısmen. İnsan daha derin düşünürse, hayatı bir bütün olarak ele alması gerektiğini görebiliyordu ve maddi veya manevi insan yapımı bir takım şeyleri yüceltmenin hayatın gayesinin dışına çıkma olduğunu anlayabilirdi. Diğer yandan dekan yaptıkları şu yaratık, kim bilir kaç kişiyi daha kendisinde olduğu gibi rahatsız etmişti. Ve bu tür insanlar yaptıkları karşısında hiçbir pişmanlık veya ölümden sonra hesap verme korkusu taşımıyorlardı.

Nilay şu anda içinde bulunduğu soruna kafa yormasının daha doğru olacağını düşündü. Ama şu an aklına hiçbir şey gelmiyor sadece moral bozukluğu bütün bedenini egemenliği altına alıyordu. "Ah Mehmet, ne kadar vakitsiz bizi terk ettin, oysa sen varken ne kadar mutluyduk." diye söylendi Nilay.

Nilay iş bulduğunda ayakları üzerinde durduğunu

düşünerek oldukça mutlu olmuştu ama hayat sadece görünen yüzünden ibaret değildi. Şimdi Nilay'ın yaşadıkları belki görünmeyen tarafın milyonda birlik bir kısmıydı. Artık geceleri iyi uyuyamaz olmuştu. Nilay'daki moral bozukluğu kaynanası ve kızının da dikkatini çekmişti. Ayşe Hanımın sorularına Nilay kaçamak cevaplar vererek olayı kapatıyordu.

Dekan ise aynı davranışlarına devam ediyor, her

fırsatta Nilay'a temas etmeye çalışıyor ve arada onu dışarıda buluşmaya davet ediyordu. Bu arada Dekanın Nilay'ın çalıştığı eski bölüm başkanı hakkında bir soruşturma başlatacağı dedikodusu fakültede yayılmaya başlamıştı. Bu durumda Nilay eski bölüm başkanına giderek durumunu anlatmasının kendisine bir faydası dokunabileceğini düşündü. Çünkü dekanı sevmeyen birinin varlığından haberi olmuştu.

Nilay İnşaat Mühendisliği Bölüm Başkanına giderek

dekanın kendisine yaptıklarından bahsetti. Bölüm Başkanı sanki kendisine bir kurtarıcı gelmişçesine sevindi ve hemen Nilay'dan rektörlüğe hitaben yaşadıklarını anlatan bir yazı yazmasını istedi. Nilay Bölüm Başkanının istediği yazıyı hazırladı ve Bölüm Başkanı ile birlikte rektörlüğün yolunu tuttu.

Rektöre durumu açıkladılar. Rektör, bu olayın çok hassas bir olay olduğunu ve konuşulan hiçbir şeyin bu odanın dışına çıkmaması gerektiğini, aksi hâlde bunun sonuçlarının Nilay ve Bölüm Başkanı için ağır olacağını söyleyerek gizlilik sözü aldı. Bir hafta sonra Mühendislik Fakültesi Dekanının sağlık sorunlarını neden göstererek istifa ettiği haberi duyuldu. Nilay da üniversite içindeki başka bir idari göreve atandı.

Nilay ilk işi olmasına rağmen böyle bir olayı kazasız

belasız ve fazla sorun çıkmadan atlattığına oldukça seviniyordu. İş tecrübesi, sadece işle ilgili bilgileri değil, iş yerlerinde dönen dolapları idare etmeyi de içeriyordu ve Nilay bunun farkına varmıştı. Mutluydu; ilk işindeki en ciddi krizi aşmıştı. Kızı Benginur'u düşününce, ailesinin geçimini sağlayacak olan parayı kazanmaya devam edeceği aklına geliyordu ve bu da onu sevindiriyordu.

5

YENİDEN

Güneş öyle şiddetli bir şekilde gözümü aldı ki bir anda uyanıp gözlerimi açıverdim. Gözlerimi güneşin parlaklığından dolayı fazla açamıyordum. Başımın etrafında uçuşan tek tük sinekler vardı. Neredeyim ben? En son neredeydim diye düşündüm. Hatırladığım kadarı ile en son hastane odasında yatmaktaydım ve karaciğerim ölmek üzereydi; annem ve eşim başucumda bekliyorlardı.

Ama şu an bir yatakta yatmıyordum ve

omuzlarımdan aşağısı toprak içindeydi. Buraya nereden geldim acaba diye düşündüm. Derin bir uykudan uyanmışçasına üzerimde büyük bir mahmurluk vardı. Beynim çok fazla ilaç içmişim gibi bulanık bir durumdaydı. Omuzdan aşağı kısmımın gömülü olduğu toprak çok aşırı sert bir toprak değildi, bir miktar çaba ile dışarı çıkabilirim diye düşündüm.

İlk olarak kollarımı topraktan dışarıya çıkarmayı

başardım. Sonra ellerimin yardımı ile etrafımdaki toprağı kazmaya başladım. Ellerimi kürek gibi kullanarak çevremdeki toprağı avuç avuç alarak kendimden uzağa doğru atıyordum. Toprağı kazdıkça çevremde silindire benzer bir şekil oluşmaya başladı. Belime kadar açmak yine de bir saat kadar vaktimi aldı. Toprağı kazarken bir taraftan da başıma üşüşen sinekleri ve böcekleri elimle kovamaya çalışıyordum.

Hava oldukça sıcak, sanki Antalya'nın Ağustos ayı gibiydi. Bel hizasının altına gelene kadar kazmaya devam ettim. Sonra iki elimi yanıma destek yaparak ayaklarımı toprağın içinden çıkarmayı başardım. Bu arada toprağı kazmaktan avuçlarımın içlerinin acıdığını hissettim, yer yer geniş çizikler oluşmuştu ve derimin bir kısmı soyulmuştu.

Topraktan çıktıktan sonra nerede olduğumu

anlamaya çalıştım. Şaşkındım. Kendime gelmek için beş on metre kadar yürüyüp az ileriki bir kaya parçasının üzerine oturdum. Etrafta kimsecikler yok; genelde düzlük,

arada sırada küçük küçük tepeler var ve yer yer ağaçlara ve bitkilere rastlamak mümkün ama oldukça seyrek

aralıklarla bulunuyorlardı.

Başımdaki toprakları temizlemek için ellerimi götürdüğümde saçlarımın olmadığını ve dazlak olduğumu fark ettim. Ayrıca yüzüm de bir bebeğin yüzü gibi kılsız ve tertemizdi. Üzerime yapışan toprak kalıntılarını ellerimle ufalayarak cildimi temizlesem de cildimin üzerinde yer yer toprak kalıntıları ve toprak tozu halen mevcuttu.

Toprak parçaları derime çok sıkı bir şekilde sanki

aylarca toprak altındaymışım gibi yapışmıştı. Toprak parçalarını kazırken sanki derim soyulur gibi oluyordu. Yüzüme yapışan toprak parçalarını dikkatle temizledim ve yüzümdeki toprak tozunu avuç içimi yüzüme sert ve hızlı şekilde sürterek temizlemeye çalıştım. Sonra kulağımın içine kaçan parçaları dikkatle çıkardım. İlginç bir şekilde ayak ve el tırnaklarım sanki yeni kesilmiş gibi duruyorlardı. Cinsel organımın ucundaki derinin içinde kaçan toprakları derisini geriye doğru sıyırarak elimle çıkardım ve bacak aralarıma yapışmış olan kalıntıları da elimi kullanarak temizledim. Sünnetsizdim. Vücudumda hiç kıl yoktu. Ne kaşlarımda ne de derimde bir tane bile kıl yoktu. Sanki bütün vücudumdaki kıllar lazerle alınmış gibiydi.

Kendime hâlen gelememiştim. Sanki günlerce derin

bir uykudan uyanıp da bir süre nerede olduğunu anlamaya çalışan bir insan gibiydim, üzerimde müthiş bir uyku sersemliği vardı. Bir ara şeker komasına giren bir arkadaşımın üç gün kesintisiz uyuduğu bir olay aklıma geldi. Arkadaşıma bir türlü ulaşamıyordum. Daha sonra kendisi ile görüştüğümüzde üç gün boyunca evde uyuduğunu söylemişti. Ben de uyandıktan sonra acaba kendisini nasıl hissetmişti diye düşünmüştüm. Sanırım şu an benim hissettiğim gibi hissetmiş olmalıydı.

Kaya parçasının üzerinde oturup başımı iki elimin

arasına alarak düşünmeye başladım: şu an neredeydim ve neden çıplaktım, niye toprağa gömülüydüm. Bu bir şaka mıydı? İyi de bu şakayı kim ne diye yapsın? Birilerinin beni toprağa gömmekte ne gibi amaçları olabilirdi ki? Düşündükçe hatırlamaya başladım. En son hasta yatağındaydım, karaciğerim iflas etmek üzereydi ve öleceğim kesindi ve o hâlde ölümü bekliyordum. Hastaneden alıp beni buraya mı getirmişlerdi. Bu son derece saçma bir şey olurdu. Böyle bir şeyi yapmaları için bir neden yoktu.

Ve aklıma o anda hasta odasında iken okumuş olduğum ayetlerden birisi geldi. Ayeti tam hatırlamıyordum ama yaklaşık olarak şöyle bir anlamı vardı:

"Yağmurdan sonra topraktan çıkan bitkiler gibi işte

siz de böyle topraktan çıkarılacaksınız."

Evet, buna benzer bir ayeti ömrümün son anlarında tekrar edip durmuştum. O hâlde bu gün o gün olsa gerek diye düşündüm. Evet, bu gün yeniden yaradılış günüydü ve yeniden yaratılmış ve toprağın altından çıkmıştım. Geçmişi hatırlamak için tekrar düşünmeye başladım. Ben ölürken çocuğum küçüktü ve dört yaşlarında filandı. Acaba ben öldükten sonra yavrum ne yaptı, karım ve annem nasıl yaşamlarını sürdürdüler? Çok zorluklar yaşamışlar mıydı acaba? Yavrum büyüdükten sonra hangi mesleği seçmişti? Eşim ve yavrum nasıl bir ömür yaşamışlardı? Benden ne kadar bir süre sonra öldüler acaba? Umarım yavrumun başına yaşadığı süre boyunca kötü bir şey gelmemiştir. Gerçi dünyaya yönelik artık her şey bitmişti bütün insanlar benden kim bilir kaç bin belki de kaç milyon yıl sonra ölmüşlerdi. Dünya ne kadar süre ile var olmuştu? Ben öldükten sonra Türkiye'de neler olmuştu? Devletimiz ne kadar var olmuştu? Savaşlar çıkmış mıydı? Devletimiz bu savaşlara katılmış mıydı ve sonuçları neler olmuştu? Cevabını merak ettiğim çok fazla soru vardı ama şu anda bu soruların hiçbir önemi yoktu.

Yeniden diriliş gününün çok zorlu olacağını

okumuştum. Lafın gelişi böyle diyordum ama güneş

bulunduğu yerdeki konumunu hiç değiştirmemişti. Yani hep gündüzdü. Güneş dönüp durmuyordu, bu da akşamın hiç olmayacağı anlamına geliyordu. Etrafım uçsuz bucaksız bir vadi...

Benden başka kimse yoktu ama bütün insanların,

hayvanlar ve bitkiler ile birlikte topraktan çıkacağını okumuştum. Bu kadar uçsuz bucaksız bir alanda aynı yerde topraktan çıkacak halleri yoktu herhâlde diye düşündüm. Azar azar çıkarlar sonra da bir araya toplanırlardı herhâlde. Ayrıca acele edecek bir durumda yoktu. Dünyada iken okuduklarımdan hatırladığım kadarı ile yaşam burada sonsuzdu, zaman sınırlaması yoktu, tekrar ölüm yoktu. Acele edecek bir şey yoktu yani. Acaba tüm insanların toprak altında çıkıp bir araya toplanmaları ne kadar sürer diye düşündüm. Bu konuda bir fikrim yoktu, bekleyip görecektim.

Gökyüzü açık ve bulutsuz, güneş sanki elimle tutacağım kadar parlak ve yakın duruyor. Keskin bir aydınlık var. Güneş oldukça yakıcı... Bulunduğum yerde ayağa kalkarak etrafımı inceliyor ve uzak mesafelerdeki tepecikleri izliyordum. Yaklaşık iki üç kilometre kadar uzağımdaki bir yamaçta bir hareketlilik fark ettim. Bir zürafa ön ayaklarının yardımı ile toprağı eşeleyip duruyor ve topraktan çıkmaya çalışıyordu. Topraktan çıkması bayağı bir zor oldu, uzun süre uğraşarak topraktan çıkmayı başardı ve çıktıktan sonra rasgele bir şekilde benden uzağa doğru koşmaya başladı.

Bulunduğum yerden ayrılarak küçük bir tepenin üzerine çıktım ve etrafımı izlemeye başladım. Ta uzaklardaki tepeciklerde insanlar belirmeye başlamıştı. Bir anda arka baldırımda inanılmaz bir acı hissettim, geriye dönüp baktığımda bir timsahın ayağımı yakaladığını gördüm. Kurtulmak için diğer ayağımla ve elimle hayvanın kafasına vurmaya başladım ve üzerine avuçlarımla toprak attım ve yerde bulduğum bir taşla da hayvana vurmaya başladım. Timsah etrafında dönerek beni fırıldak gibi ileriye doğru fırlattı. Bu arada bacağım diz noktasından kopmuştu.

Timsah bacağımın kopan parçasını midesine indirmekle meşguldü. Tek ayağımın üzerinde zıplayarak acı içinde yamaçtan aşağıya doğru ilerleme başlarken dengemi kaybederek yuvalandım ve yamacın dibindeki bir kayaya çarparak durdum. Bütün vücudum yara bere içinde kalmıştı. Ayağımdaki acı dayanılır gibi değildi, kan sanki hortumdan suyun fışkırması gibi bacağımın kopan yerinden fışkırıyordu ve bulunduğun yerde küçük bir kan gölü oluşmuştu. Ama bir yere gidecek ve herhangi bir şey yapabilecek hâlim yoktu. Uzaklarda toprak altından yeni yeni çıkan insanlarda umurumda değildi. Şu an çok acı çekiyordum ve bu acının etkisi ile kendimden geçip kısa bir uykuya dalmışım.

Bir süre sonra bir köpeğin bacağıma kuyruğu ile dokunması ile uyandım. Ellerime ve vücuduma baktım, o da ne, yamaçtan yuvarlanırken vücudumda meydana gelen çizikler yok olmuştu. Yaralı ayağıma baktım. Kan akışı durmuştu ama sanki bacağım daha yukarıdan kopmamış mıydı? Sanki bacağım kopan yerinden bir miktar uzamıştı.

Sol tarafıma dönerek yerden bir dal parçası aldım ve bu dal parçasının yardımı ile ayağa kalktım. Üzerimdeki toprakları temizleyip biraz ilerideki bir kaya parçasının üzerine oturdum. Yanımdaki köpek de benimle birlikte kalkıp kaya parçasının yanına gelip yere yattı. Sanırım yeniden yaradılış gününde en azından kendime bir dost bulmuştum. Ayağım yaralı olduğu için bulunduğum yerden başka bir yere hareket etmemeye karar verdim.

Dünyada iken okuduğum kitapların birinde yeniden

yaradılışta, eğer organlarımız zarar görürse kendi kendilerini tamir edeceklerdi. O hâlde ayağım kendini tamamen onarana kadar bir yerlere hareket etmemem en mantıklısıydı. Bulunduğun yerde neredeyse saatlerce kıpırdamadım, arada sırada sadece oturuş pozisyonumu değiştiriyordum.

Ne kadar süre geçtiğini tam olarak anlamanın imkânı

yoktu. Sadece içimdeki saate kulak vererek ne kadar zaman geçtiğini tahmin ediyordum. Bu esnada arada sırada bacağımı kontrol ediyordum. Her kontrol edişimde bacağımın biraz daha uzayıp iyileştiğimi gördüm. Şu anda topuğum oluşmaya başlamıştı. Aksayarak da olsa yürüyebilirdim. Ayağa kalktım ve daha uzak mesafelere doğru baktım. İnsanlar tek tük karıncalar gibi toprağın altından çıkıp tuhaf tuhaf etraflarına bakıyorlar ve ne olduğunu anlamaya çalışıyorlardı.

Bir an arkamda orangutan gibi iri yarı bir adamın olduğunu fark ettim, adam çok iri kemikli ve sanki ilk çağ insanlarını andıran bir surat yapısına sahipti. Elimle kendisini itip ileriye doğru yamaç yukarısına doğru koşmaya başladım. Yaklaşık on dakika boyunca adamdan uzaklaşmak için koşup durdum.

İlginçtir ki pek acıkmadım ve susamadım. Oysa bu

kadar koşmadan sonra hem çok yorulup hem acıkıp hem de çok susamam gerekmiyor muydu? Ne yöne doğru gitmem gerektiği konusunda hiçbir fikrim yok. Öylesine seçtiğim bir istikamete doğru rastgele yürüyüp bir taraftan da düşünüyordum. Dünyanın var olmasından itibaren yaratılan tüm canlılar tekrar yaratılacaktı. Taş devrindeki o ilkel insanlardan başlayarak benim yaşadığım tarihten tutun da uzay çağına ulaşan nice insanlar tekrar yaratılacaktı. O hâlde milyarlarca belki de trilyonlarca insan ve hayvanın tekrar yaratılacaktı. Vahşi hayvanlar da tekrar yaratılacaktı.

Az önce timsahın saldırısını hatırlayarak şu an en

azından vahşi hayvanlardan kendimi korumalıydım. Gerçi vahşi hayvanların saldırına maruz kalırsam kopan organlarım tekrar yerine geliyordu ama buna ne gerek vardı ki. Kendimi korumak için bir şeyler yapmalıydım. En azından acı çekmezdim. Aklıma seyrettiğim çizgi filmler geldi. Taş devri çizgi filmlerinde taştan baltalar yapıyorlardı. Önce etraftaki ağaçlardan düzgün bir dal parçası kopardım. Bunlar acaba dünyadaki ağaçlar mıydı? Tüm mahlûkat tekrar yaratılacağına göre buna bitkiler de dâhil olmalıydı. Hatta taşlar ve kayalar da... Dünyada var olan her şey yeniden yaratılacaktı.

Oval şeklinde iri bir taş parçası buldum. Ağaçtan sarkan püskülleri kopararak taşı değneğin ucuna püskülleri ip gibi kullanarak iyice bağladım ve sonra sağlamlığını kontrol ettim. Böylelikle kendimi savunabileceğim küçük bir silahım olmuştu. Başka bir dal parçasının da ucunu sivri bir taşla yontarak mızrak hâline getirdim ve elimdeki taş balta ve mızrağımla yürümeye devam ettim.

Tüm mahlûkatın uyanması biraz zaman alacaktı.

Mahlûkat uyandıktan sonra muhtemelen bizleri toparlayıp gruplayacak olan yaratıklar geleceklerdi. Ama bu ne kadar süre sonra olacaktı acaba? Çok uzun bir süre buralarda böyle aylak aylak dolaşmak zorunda kalabilecektim. Zaten mahşer gününün son derece uzun bir gün olduğunu, neredeyse bin yıl sürdüğünü dünyada iken bir kitaptan okuduğumu hatırlıyorum. O zaman neden bu kadar uzun diye düşünmüştüm. Dünyanın var olmasından yok olmasına kadar geçen süre boyunca, dünyada var olan bütün yaratıkların burada toplanıp yargılanacağını düşünürsek bu süre çok da uzun olmasa gerekti. Çünkü dünyada canlılar milyonlarca yıl boyunca var olmuşlardı.

Uzun bir süre hiçbir şey yiyip içmedim. Karnım biraz

acıktı ve susadım. Ama dayanılmayacak kadar değildi. Hiç bir şey yemeyip içmesem de aç ve susuz olmama rağmen tekrar ölmeyeceğimi biliyordum. Ama açlık duygusunu yok etmek için yiyecek bir şeyler arasam iyi olur diye düşünüyordum. Dünyada meyve ağaçları olduğuna göre o ağaçlar burada tekrar yaratılmış olmalıydı ve onların meyvelerinden faydalanabilirim diye düşündüm ve meyve ağacı aramaya başladım.

Yaklaşık 20km kadar yürüdüm ve sonunda bu uçsuz budaksız vadide elma ve şeftali ağaçlarının olduğu bir yeşillik alana rastladım. Kopardığım elma ve şeftalilerle açlığımı biraz olsun bastırdım. Aklıma ağaçların birisinin tepesine tırmanmak ve toprak altından çıkan canlıları izlemek geldi. Araya araya uzun bir kavak ağacı buldum ve ağaca tırmandım. Çıkabildiğim en yüksek noktaya kadar tırmandım. Şimdi en azından bulunduğum bölgeyi net olarak görebiliyordum. Tırmandığım noktadan etrafı izlemeye başladım.

Bir saat boyunca hiçbir hareketlilik görmedim. Sonra yaklaşık iki, üç kilometre uzakta bir hareketlenme fark ettim. Evet, o noktada birisi topraktan çıkmaktaydı. Yerden çıkan herkes kel olduğu için çıkanın erkek mi yoksa kadın mı olduğunu anlamak oldukça zordu. Yerden çıkan kişi aynen benim de yaptığım gibi vücudundaki ve başındaki toprakları temizlemekle meşguldü. Sanırım bu bir kadındı. İri yarı bir kadındı. Kadın delirmiş gibi sağa sola bakıyor, nerede olduğunu anlamaya çalışıyordu.

Belki bugünün yeniden yaradılış günü olduğundan

haberi bile yoktu diye düşündüm. Elimi sallayarak "Hey buraya bak." diye bağırdım. Kadın beni görünce iyice şoka girdi ve delirmiş gibi çığlık atarak koşan ineklerin memeleri nasıl sallanırsa memeleri şiddetli bir şekilde sallana sallana aksi istikamete doğru koşup kayboldu. Ne bekliyordum ki sanki. Zaten şok içindeki birine bir de ağacın tepesinden el işareti yaparak iyice dehşete kapılmasına neden olmuştum. O kadar uzak mesafeden kadının sesini duymuştum. Demek burada sesin havadaki yayılması dünyadakinden farklıydı.

Dünyada milyarlarca insan yaşamıştı. Bunların çoğunun yeniden dirilme ile ilgili olarak hiçbir fikri yoktu. Benim dünyada yaşadığım zamanlarda Çin diye bir devlet vardı ve bu devletin bir buçuk milyar vatandaşı vardı. Onların tamamına yakınının yeniden dirilişten haberi yoktu. Hatta bir ara iş için Çin'e gitmiştim ve oradaki kişilerle yaratıcı hakkında konuştuğumda suratıma tuhaf tuhaf bakmışlardı. Konuyu değiştirmek zorunda kalmıştım.

Etrafımı tekrar izlemeye başladım. Soluma doğru

baktığımda yaklaşık iki tepe kadar ötede bir grup atın toplandığını gördüm. Muhtemelen orada su kaynağı olmalıydı. Dünyadaki nehirlerde ve denizlerde yaşamış olan balıkların ve su canlılarının da tekrar yaratılmış olması lazımdı ve atların su içmek için toplandığı yer bu canlılardan bir kısmını barındırıyor olmalıydı.

Ağacın tepesinde bu şekilde tüneyip duramazdım. Aşağıya indim. Bulunduğum yerden ayrılmamaya karar verdim. Etraftan toparlayacağım dallarla kavak ağacının etrafına küçük bir çit yapmaya ve kendim için en azından hayvanlardan korunacağım güvenli bir alan oluşturmaya karar verdim. Gerektiğinde de kavak ağacına çıkarak toprak altından çıkanları izleyebilecektim. Bulduğum dal parçalarını üst üste yığarak çit için gerekli malzemeyi toplamaya başladım. Yeteri kadar dal parçası topladıktan sonra, toplamış olduğum dalların uçlarını taşlarla yontum. Sürekli taş kullanmak parmak eklemlerini ağrımasına sebep olmuştu. Sivri dalları ve kazıkları büyük taşlar vasıtasıyla toprağa eşit aralıklarla çakarak yaklaşık 20-30 metrekarelik bir alan oluşturdum. Çakmış olduğum dal ve kazıkları ağaç püsküllerini ile birbirlerine bağlayarak ve aradaki boşluklara dal parçaları ile doldurarak planladığım çite kavuştum.

Çiti yapmak için gereken süreyi tahmin etmek zordu.

Çünkü güneş hep aynı noktada duruyordu. Ben dünyada iken böyle bir işi ne kadar sürede yapabileceğimi düşünerek yarım günden fazla bir süre uğraştığımı hesapladım. Arslan kaplan gibi hayvanların gelmesi durumunda kavak ağacına çıkacaktım. Diğer küçük yırtıcılardan çit beni koruyabilirdi. Ama dinozor veya eski çağ hayvanları gelirse bu durumda yapabileceğim pek bir şey olmadığı aşikârdı.

Zamanımın çoğunu yapmış olduğum çit içinde geçiriyordum. Burada uzun süredir kaldığımı uzayan saç ve sakalımdan anlayabiliyordum. Ayak ve el tırnaklarımda oldukça uzamışlardı. Ayak tırnaklarım yürüyüşüm esnasında yere takılmaya başlamışlardı. İki tane sivri taş bularak ayak tırnaklarımı bu taşlar vasıtasıyla kırarak yürümem önündeki engeli aşmış oldum. Arada sırada çitin ortasındaki kavak ağacına çıkıp toprak altından çıkan canlı var mı diye etrafı gözetliyordum. Tek tük birkaç keçi ve koyunun çıktığını görmüştüm. Eğer yakınlarda at benzeri bir binek hayvanının topraktan çıktığına denk gelebilsem, hemen koşup yakalamayı ve çitime getirmeyi planlıyordum. Bunun için püsküllerden halat benzeri bir şey bile hazırlamıştım.

Yalnızlık inanılmaz bir sıkıntı veriyordu. Ama sağa sola gitmenin de anlamı yoktu. Etrafta başıboş dolaşan yırtıcı hayvanlar, yılanlar, akrepler, devasa büyüklükte yırtıcı kuşlar bulunmaktaydı. Toprak altından çıktığımdan beri hiç yıkanmadım. Hava Ağustos ayından bile daha sıcak. Onun için hiç üşümüyorum. Ama hiç yıkanmadığımdan dolayı kokmaya başladım. Vücudumda biriken kirlere karşıda bir teknik geliştirmiştim. İnce ağaç dallarını soyup bu dallara sürterek temizleme çalışıyordum. En azından bir çeşit çözüm bulmuştum.

Askerlik yaparken bizlere mesafe tahmin

yöntemlerini öğretmişlerdi. Karşılaştırma yöntemini kullanarak kavak ağacına çıktığımda uzak noktalarda meydana gelen hareketlenmelerin bulunduğum noktadan ne kadar uzakta olduğunu tahmin edebiliyordum. Kavak ağacına çıktığımda yaklaşık on - on beş kilometre ötede hayvanların arada sırada bir bölgede toplandığını defalarca görmüştüm. Orada su olmalıydı. En azından o bölgeye giderek yıkanabilirdim.

Çitimden çıkarak elime aldığım taş baltam ve mızrağım ile yerini ağaçtan tespit ettiğim su bulunan bölgeye doğru hareket ettim. Dönüş yolumu kaybetmemek için yaklaşık her elli metrede bir, iki taşı üst üste koyuyordum ve güneşe karşı olan yürüyüş açımın hep aynı kalmasına çalışıyordum. Toprak üzerinde yürümekten ayaklarım nasır bağlamış hatta toprak üzerinde yatmaktan sırtımın ve kalçamın derisini kalınlaşmıştı. Toprak altından çıktıktan sonra sakallarım, saçlarım iyice uzamışlardı. Saçlarım omuzumu geçmiş belime doğru ilerlemekteydi. Saçlarım beni rahatsız etmesin diye topuz yapmıştım. Son derece amatör bir topuzdu ama en azından yüzüme dolanıp yakıcı güneşin etkisini arttırmıyordu. Dünyada iken hiç sakal bırakmamıştım ama şimdi sakallarım neredeyse göğsüme ulaşmak üzereydi. Sakallarımdan da küçük küçük örgüler yaparak yüzümü rahatsız etmelerini önlemeye çalıştım.

Uzun bir yürüyüşün sonunda hedeflediğim yere gelmiştim. Evet, tahmin ettiğim gibi burada bir göl vardı ve gölün içerisi balık doluydu. Bunlar dünyadaki balıkların bir kısmı diye düşündüm. Dünyada yaşamış olan bütün deniz canlıları düşündüğümüzde kim bilir kaç bu şekilde veya bundan çok daha büyük kaç bin tane göl veya akarsu vardı. Gölün sığ olan kenarında bedenimi, saçlarımı ve sakalımı yıkadım. Yırtıcı hayvanların buraya gelebilirdi ve burada fazla kalmayıp hemen hazırlamış olduğum çite geri dönmeliydim. Taş baltamı ve mızrağım alarak gelirken her elli adımda bir koymuş olduğum taşları takip ederek çite geri döndüm.

Acaba yavrum Benginur, eşim ve annem de

topraktan çıkmışlar mıydı? Kim bilir şimdi neredeydiler? Muhtemelen benim gibi yapayalnızdılar. Bu uçsuz bucaksız vadide onları nasıl bulacaktım ki? Ayrıca henüz insanları ve diğer canlıları toplayıp gruplamaya başlamamışlardı. İşte o zaman başka birini düşünecek hâlim olmayacaktı. Çünkü en dirençli insanın bile ateşte yanma durumunda her şeyden vazgeçeceği kesindi.

Vadi uçsuz bucaksız olsa da, göle su içmeye gelen atlardan birini yaklarsam en azından arada sırada etrafı dolaşır ve topraktan çıkan insanları bulmaya çalışırdım. Trilyonda bir ihtimal bile olsa ailemden birine denk gelme ihtimalim vardı sonuçta ve ben bunu değerlendirmeliydim. Planımı uygulamaya başladım. Çitimin yakınında olan göle tekrar gittim ve orada atlar gelene kadar konaklamaya karar verdim. Artık yırtıcı hayvan gelmesi riskini de göz önüne alıyordum. Altı üstü canım acırdı. Ne de olsa burada ölüm yoktu.

Sakalımın uzama miktarını kontrol ederek ne kadar

zaman geçtiğini anlamaya çalışıyordum. Dünyada iken sakalım bir haftada tırnak ucumdan biraz fazla uzardı. Nerdeyse bir haftadır göl civarımdaydım ve nihayet atlar su içmeye geliyorlardı.

Suyun içinde gizlenmeye karar verdim. Bunun içinde

göl kenarında bulduğum bir kamışı nefes almak için kullandım. Suyun içinde sabırla beklemeye başladım. Atların yaklaştığını hissedebiliyordum. Sırtımda bir bacak hissettim ve bir anda suların içinden bir anda fırlayarak önümdeki atın boynuna sarıldım. At sıçrayan suların arasından geriye doğru bir hamle yapıp kaçmaya çalıştı ama ben atın boynunu yakalamıştım ve ölümüne bırakmamaya kararlıydım. Atın boynuna bir süre sülük gibi ellerim ve ayaklarımla yapıştım. Bu arada at dörtnala gölden uzaklaşmaya çalışıyordu. At ben boynuna cenin vaziyetinde yapışmış olduğum hâliyle bir süre koştu ama sonra yorulmaya başladı. Hızının kesildiğini anlayınca ayaklarımı atın boynundan çözüp yere sürterek ata fren yaptırmaya çalıştım. Bir iki kilometre ayaklarımı yerde sürüyüp durduktan sonra yavaşladı ve durdu.

Bu at muhtemelen dünyadaki evcil atlardan olsa gerekti. Yoksa ne yaparsam yapayım durmayacağı apaçıktı. At sakinleştikten sonra elimde hazırlamış olduğum halatı boynuna bağladım ve atı hafif hafif çekmeye başladım. Bu arada iki ayağımda da şiddetli bir acı vardı. Ayaklarıma baktığımda atı frenleme yapmak için ayaklarımı yere sürttüğümde sağ ayağımın orta parmağının ve son ayağımın küçük parmağının ters döndüğünü gördüm. Acı inanılmazdı ama biraz sabredersem acının geçeceğini ve parmakların iyileşeceğini biliyordum. Atı çitimin olduğu yere doğru sürdüm ve çite vardıktan sonra onu bir dala bağladım.

O anda bir kafa karışıklığı hissettim. Bu atı ne diye

getirmiştim? Burada ne işime yarayacaktı? Uçsuz bucaksız bu vadide atla dolaşarak ne kazanacaktım? Eşimi ve yavrumu mu bulacaktım araya araya sanki? Hayal âleminde yaşayıp durmuştum ve gerçeklikten iyice uzaklaşmıştım. Burası Dünya değildi ve bir süre sonra muhtemelen insanları toplamaya başlayacaklardı. Ayrıca bu çitte beklememin de bir anlamı yoktu. Yırtıcı hayvanlardan korunurum diye burayı kurmuştum ama yırtıcı hayvanların dibine kadar gitmezsem veya onlara yanlışlıkla dokunmazsam bana bir şey yapmayacakları apaçıktı.

Çitten ayrılmaya karar verdim. Atı çözüp elimle

arkasına vurarak koşarak gitmesini sağladım. Elime taş baltamı ve mızrağımı alarak çitten ayrıldım ve rasgele herhangi bir hedef gözetmeksizin yürümeye başladım. Güneş altında saatlerce yürümekten omuzlarım, boynum ve vücudum kıpkırmızı olmuş ve su toplamaya başlamıştı. Sanki kaynar suda haşlanan bir ıstakoz gibi olmuştum.

Büyük kaya parçalarının olduğu boğaz şeklinde bir patikadan geçiyordum ki büyük bir kayanın dibine tünemiş olan bir insan gördüm. Kendisine doğru yaklaştım. Adam kısmen ürkek, kısmen korku dolu, kısmen de saldırgan gözlerle beni baştan aşağıya doğru süzdü. Ayağa kalktı. Ufak tefek çelimsiz birisiydi ve teni koyu balçık rengindeydi. Adamın kafası oldukça şekilsizdi. Yelken gibi kulakları, uzun ve geniş bir çenesi, çirkin bir yüzü vardı. Muhtemelen Asya kıtasında yaşamış olan bir insandı. Bu adamın dünyadaki korku filmlerinde oynamak için makyaj yapmasına gerek olmazdı diye içimden geçirdim.

"Merhaba." dedim. Cevap vermedi. "Nerede olduğumuzu biliyor musun?" diye sordum. "Hayır." dedi.

"Dünyada iken hangi zamanda yaşadın?" diye sordum. Afallamış bir şekilde avanak avanak yüzüme bakıp duruyordu. Bu adamın yeniden yaratılma konusunda hiçbir bilgisi olmadığı apaçıktı. Dünyada hayvanlar gibi yemek ve içmek için yaşamış ve şu anda nerede olduğumuzdan ve neler olacağından bihaber olduğu besbelliydi. Kim bilir elleriyle ne putlar yapıp onları ilah edinmişti.

Dünyada iken Hindistan'a bir konferansa gitmiştim.

Oradaki bir profesör bizlere ilahları hakkında bilgi vermişti ve binden fazla ilahları olduğunu anlatmıştı. Sonra da bazı ilahlarını bizlere göstermişti. Çin yapımı oyuncaklara benzeyen oyuncaklara ilah diyorlardı. Adam mühendislik dalında profesör olmuştu ama beyinsizin birisiydi işte. Bu çağda bu ne aptallık diye düşünmüştüm. Karşımda duran adamla konuşmaya çalışmanın bir anlamı olmadığına kanaat getirerek yürümeme devam ettim.

Yoruldukça arada sırada mola veriyor ve

dinlenebileceğim bir yerler bularak orada vakit geçiriyordum. Aç ve susuzdum. Ama ölmeyeceğimden dolayı, açlığı ve susuzluğu düşünmemeye çalışıyordum. Belki aylardır yürüyordum. Artık daha sık insanlara rastlıyordum. İnsanların yüzlerine bakıyor ve konuşulmaya değer birisi olup olmadığı konusunda kendimce karar veriyordum.

Bir grup insanla karşılaştım. Bunlar Asya insanına

benzemiyorlardı. Muhtemelen Avrupa veya Ortadoğu insanı olmalıydılar. Gruba yanaştım ve "Merhaba." dedim.

"Merhaba." diye karşılık verdiler.

"Nerede olduğumuzu biliyor musunuz?" diye sordum.

"Evet." diye cevap verdiler. "İsa Mesih bizi tekrar yarattı." dediler hep bir ağızdan.

Grup elemanları ile bir süre sohbet ettim. Değişik

yüzyıllarda yaşamış olan Hristiyanlardı bunlar. Burada birbirlerini bir şekilde bulmuşlar ve bir arada dolaşmaya karar vermişlerdi. Grupta iki kadın üç erkek vardı. Kadınlardan birisi yedinci yüzyılda yaşamış. Kocasını aldatırken kocası tarafından yakalanmış ve balta ile parçalanarak öldürülmüştü. Diğer kadın on üçüncü yüzyılda yaşamış, hiç evlenmemiş ve vücudunda çıkan bir çıban hastalığından ölmüş. Erkeklerden birisi ise bir askermiş. On altıncı yüzyılda yaşamış ve bir savaşta ölmüş. İkinci erkek ise bir tüccarmış ve alacaklıları tarafından öldürülmüş ve on dokuzuncu yüzyılda yaşamış.

Üçüncü erkek ise on birinci yüzyılda yaşamış ve bir Hristiyan beyliğinin kralı imiş. Vadesinden ölmüş.

Sırtlan suratlı onca kara kuru insandan sonra en azından yeniden yaradılışa inanan bu insanlara rastlamak beni bir miktar mutlu etmişti. Gruptakiler hep bir ağızdan benim Hristiyan olup olmadığımı sordular. Müslüman olduğumu söyledim. Pek sıcak davranmasalar da, çok da düşmanca bir tavır sergilemediler. Ne de olsan bu insanlar benim yaşadığım yüzyıla göre çok daha eski zamanlarda yaşamışlardı ve zekâ, anlayış olarak benim yüzyılımdaki insanlara göre daha geri konumdaydılar; onlardan dostane davranış beklemek anlamlı değildi.

Gruptakilere bol şans dileyip yürümeye devam ettim. Artık tek tük yalnız başına sağa sola tünemiş insanlardan ziyade küçük gruplar hâlinde dolaşan insan toplulukları ile karşılaşmak daha sık rastladığım bir şey olmaya başlamıştı. Sanırım topluluk hâlinde bulunmak insanların kendilerini daha güvende hissetmelerine neden oluyordu. Gruplar genellikle dünyada iken aynı dine inanan veya benzer düşünceler taşınan kişileri içeriyordu. Bunun dışında koyu tenli insanlar genelde koyu tenlilerle, açık tenlilerse genelde açık tenlilerle birlikte küçük gruplar oluşturmuşlardı. Benim gibi tek başına avare bir şekilde dolaşanların sayısı da oldukça fazlaydı.

Uzun perçemlerinden Yahudi olduklarını anladığım

yaklaşık yirmi kişilik bir gruba rastladım. Büyük bir kayanın kovuğunda toplanmışlardı. Aynı dünyada olduğu gibi perçemlerini burada da uzatmışlardı. Bir süre onlarla sohbet ettim. Peygamberleri İbrahim, Musa ve Davut'un onları bir araya toplayacağını ve perçemlerinden meleklerin onları buradan alıp cennete götüreceklerini ve bunun için beklemede olduklarını söylediler. Ama şu ana kadar gelen giden olmamıştı ve onları perçemlerinden tutup cennete götürecek herhangi bir melek de havada gözükmemişti. İçlerinden bazıları dünyadaki gibi sarkaç gibi sallanıp duruyorlardı. Kendilerinden pek bir emin duruşları vardı ve ilginçtir bu kadar insan çeşitliliğinin ve kalabalığının arasında birbirlerini mıknatıs tozlarının birbirlerini çekmesi gibi bulup küçük bir grup oluşturmuşlardı.

Daha sonra ten renklerinden Hintli olduklarını anladığım bir gruba rastladım. Bunların yeniden yaradılış konusunda herhangi bir bilgileri mevcut değildi. Yeniden başka bir vücutta başka bir dünyada var olduklarını düşünüyorlardı. Onlara dünyada yaşamış oldukları şeyleri hatırlayıp hatırlamadıklarını sordum. Hatırladıklarını söylediler. O hâlde şu andaki durumun eskinin bir devamı olduğundan bahsettim ve yeni bir vücut bulunması durumunda eskinin hatırlanmaması gerektiğini söyledim.

Herhangi bir yorum yapmadan korku ve endişe dolu

gözlerle söylediklerimi can kulağıyla dinlediler. Bu adamlar şu anda o kadar zayıf bir inanç temelinde barınıyorlardı ki ben sizi kurtaracağım bana tapın desem inanmaya hazır bir durumları vardı.

Aylardır dolaşmama rağmen kendi yaşadığım

zamandan ve kendi ülkemden herhangi birine rast gelmemiştim. Yani bu durumda eşim ve yavrumu nasıl bulacaktım acaba? Ayrıca ben nasıl dolaşıp duruyorsam, muhtemelen onlar da dolaşıp duruyorlardı ve karşılaşma şansımız nerdeyse sıfıra yaklaşıyordu. Ayrıca yavrum Bengisu benim gibi yetişkin bir insan olarak yaratılmış olmalıydı. Karşılaşsam bile muhtemelen tanıyamayacaktım.

Üzerimdeki sıkıntı ve bezginlik hat safhasına gelmişti.

Buralardan gitmek istiyordum. Kaçmak kurtulmak, bin bir çeşit, çoğu eğri büğrü bu insanlarla bir arada bulunmak istemiyordum. Koşmak, koşmak bütün gücümü tüketene kadar koşmak, mümkünse yerin altına girip yok olmak ve bir daha var olmamak istiyordum. Ama maalesef bunun olası olmadığını biliyordum. Bu son duraktı ve bu durakta ölmek seçeneği yoktu.

Bir toprak kümesinin üzerine bir daha kalkmayacak bir insanın bezginliğiyle oturdum. Bana doğru biri yaklaşmaktaydı, direk olarak bana doğru geliyordu. Selam verdi. Yüzüne doğru baktım. Açık kumral bir tene sahipti. Ortadoğu insanıydı. Sanırım o yüzden bana doğru gelerek konuşmak istemişti. Bu adam dünyada benden yüzbinlerce yıl sonra yaşamış olan bir insandı ve evrenin sonunun gelişini görmüştü. Dünyanın sonunun nasıl geldiğini anlatmasını istedim, belki şu an bir anlamı yoktu ama merak etmiştim.

"Büyük patlama ile oluşan evrenin genişlemesi bir süre sonra durdu ve evren kendi içerisine doğru daralmaya başladı. Bilim adamlarımız ilk önce evrenin daralmasının çok uzun süre alacağını söyleseler de, evrenin daralması genişlemesi gibi uzun zaman almadı. Evren daraldıkça birbirlerine yaklaşan kütleler birbirlerini daha güçlü çekerek daralma hızını arttırdılar. Birbirine eklenen kütleler sanki yuvarlanan kar kütlesi gibi gittikçe büyüyerek etrafındaki her şeyi yutmaya başlamıştı. İlk önce geceleri gökyüzünde gördüğümüz yıldızların sayısının azala azala yok olduğunu gördük. Sonlara doğru çekim gücü güneşi de etkisi altına başladı güneşi de yutarak dünyamızın karanlık kalmasına sebep oldu.

Dünyayı nükleer enerji ile ısıtıyorduk. Ama ona

rağmen yaşam durmuş gibiydi. Her yer çok soğuktu.

İnsanlar sadece kapalı alanlarda yaşıyorlardı ve kapalı alanlarda tarım gerçekleştiriliyordu. Daha sonra çekim kuvveti dünyamızı da etkilemeye başladı. Yer kabuğunun üzerindeki çıkıntıların, dağların çekim kuvvetinin etkisi ile kopup havaya doğru uçtuklarına şahit olduk. Daha sonra okyanus sularının boşaldığını gördük. Sonlara doğru da yer kabuğunun ve yüzeyindeki şeyleri de kopararak dünyanın sonunu getirdi.

Aslında bilim adamlarımız bizlere olacakları önceden söylemişlerdi ve bütün insanlar insanlığın ve dünyanın sonunu bekliyorlardı; bu düşünceye alışmışlardı. Birçok kişi büyük patlamanın tekrar olup olmayacağını ve dünyanın yeniden oluşup oluşmayacağına dair teoriler ileri sürmekteydiler.

Şu anda burada olduğuma göre büyük patlama tekrar

oluşmuş olmalı ve dünya değişik bir formda tekrar ortaya çıktı gibi." diyerek sözlerini bitirdi.

Ben "Yeniden yaratılmadık mı buna inanmıyor

musun?" diye sordum.

"Hayır." diye cevap verdi. "Evren bizi tekrar oluşturdu." diye cevap verdi.

"İyi de evrenin yok olduğunu zaten az önce sen anlattın ya, yok olan evren bizi tekrar nasıl oluşturacak?" diye sordum.

O ise dünya ve yaşam bilgisinin evrende var olduğunu ve evrenin kaybolup tekrar ortaya çıkarak, bu yaşam bilgisini kullanarak bizleri tekrar oluşturduğunu söyledi. Dünyada iken bu tür düşünen insanlarla çok karşılaşmıştım. Burada da böyle düşünen birisi ile karşılaşmak beni şaşırtmıştı. Ama adamın böyle düşünmesini engelleyecek bir şeyi de şu ana kadar görmemiştik zaten. Bekleyip görecektik.

6

TOPLANMA

Etrafım iyice kalabalıklaşmıştı, nereye dönsem bir insan görüyordum. Artık eskisi gibi uzak tepeleri rahat seçemiyordum. Etrafımdaki insan sayısını anlamak için iki havaya zıplayıp etrafıma bakıyordum. Evet, bir insan okyanusunun içinde bulunuyordum artık. Sanki çok büyük bir konsere gelmiş insan topluluğunun merkezindeydim.

Yanımda iki adam belirdi, nereden geldiklerini hiç

fark etmedim bile. Bu ikisi çıplak değildiler hatta oldukça iyi giyinmişlerdi. Yüzleri sertti ve gözleri duygusuz bakıyorlardı.

"Mehmet Bey." diye seslendiler.
"Evet, benim." dedim.

Acaba ismimi nereden biliyorlardı? Dünyada tanışmış olduğum herhangi bir kişiye benzemiyorlardı. "Yeniden yaratılma gününe hoş geldiniz. Sizi mahşer meydanına götüreceğiz." dediler.

Evet, bunu bekliyordum. Bunlar insanları yargılama

alanına belli bir düzene göre sevk edecek insan kılığındaki görevli melekler olmalıydılar. Birisi sağ tarafıma diğeri de önümde yürümeye başladık. Evet, artık yolculuk başlamıştı; yeniden yaradılış gününün mahkemesi kurulmaya başlıyordu.

Bir süre yürüdükten sonra şekli T harfine benzeyen

bir aracın yanına geldik. Yanımdaki insan kılıklı melekle

yan yana birer koltuğa oturduk. Diğer insan kılıklı melek aracın önüne geçti ve ayakta olduğu hâlde aracı sürmeye başladı. Araç nerdeyse yerden on metre kadar yukarıda yere paralel uçuyordu. Herhangi bir yakıt kullanılmıyordu. Aracı tamamen düşünce gücü ile yönetiyor olmalıydı. Çünkü manevralar esnasında herhangi bir direksiyonun kullanıldığını görmemiştim. Hızımız da iki yüz kilometre civarıydı. Hava akımının etkisi ile uzun saçlarım geriye doğru yayılmış ve havada asılı kalmışlardı.

Diğer insanların da sevkinde görevli olan insan

görünümlü melekler gelmeye başlamışlardı. Ama bunların tipleri ve davranışları hep aynı şekilde değildi. Bazıları oldukça çirkin ve öfkeli bir suratla bakıyorlar bazıları ise güler yüzlü ve iyi niyetli bir insan edasında, götürmekle yükümlü olduğu kişilerle konuşuyorlardı. Beni götürmekle görevli olan melekler bana ne kötü ne de iyi davranmışlardı ama davranışlarında biraz soğukluk hissediyordum.

Yolculuk boyunca neredeyse hiç konuşmadık dersem

yeridir. Aslında konuşmaya biraz da korkuyordum. İlk defa insan olmayan yaratıklarla bir araya gelmiştim ve bu da beni ürkütmüştü. Üzerinde seyahat etmekte olduğum aracı dünyada iken bazı çizgi filmlerde izlemiştim. Bir ara araç sürekli olarak yokuş yukarıya doğru ilerlemeye başladı. Yaklaşık beş altı saatlik bir yolculuğun ardından dümdüz ve yumuşak toprak tabanı olan gözün alamayacağı genişlikteki bir ovaya geldik. Ova sanki çeltik tarlaları gibi kare veya dikdörtgen şeklinde değişik renklerde sayısız alana bölünmüştü ve bu alanlara insanlar getiriliyordu.

Mahşer görevlileri hangi insanın hangi alana getirileceğini biliyorlar ve insanları bu bölgelere taşıyorlardı. Araçtan indikten sonra bana eşlik eden görevlilerle birlikte gitmemiz gereken bölgeye doğru yarım saatlik bir yürüyüşle ulaştım ve askerî bir düzende sıra olmuş topluluğa dâhil oldum. Hangi sırada beklemem gerektiğini görevliler biliyorlardı ve beni o sıraya kadar götürüp elleri ile sıraya girmemi sağladılar ve sıraları bozmamamızı tembihlediler.

Yere oturmamıza izin vermiyorlardı, ayakta beklememizi söylediler. İçinde bulunduğum insan kümesinin etrafı bizleri buraya getiren mahşer görevlileri ile çevriliydi ve takımdaki her insandan sorumlu olan iki adet görevli vardı. Yani insandan daha fazla sayıda mahşer görevlisi mevcuttu. İçinde bulunduğum takım genelde sakin insanlardan oluşuyordu. Arada sırada homurdananlar ve çığlık atanlar oluyordu ama bunun dışında genelde sakin duruyorlardı. Diğer toplanan gruplara baktığımda ise çok daha şiddetli olayların olduğunu görebiliyordum. Kümeye dâhil olmak istemeyenler, mahşer görevlilerine saldıranlar ve bunun karşılığında görevlilerin ellerindeki çubuklarla kafaları parçalanan insanlar görüyordum. Görevliler çok acımasızdı ve isyan ve taşkınlık girişiminde bulunanları en acımasız şekilde cezalandırıyorlardı. Şu anda koyun sürülerinden farksızdık ve tamamen itaat etmekten başka hiçbir şansımız yoktu.

Bulunduğum gruba sürekli olarak yeni insanlar ekleniyordu. Sayımız nerdeyse beş bin kişilik bir askerî birliğin sayısına ulaşmıştı. Tam bir askerî nizam hâkimdi. Hafif öne eğilip sağıma doğru baktığımda ayakta ip gibi duran yüzlerce kişinin göğüslerini görebiliyordum. Kadın ve erkekler karışık bir şekilde bir aradaydık ve insanlar hemen hemen aynı yaşta, otuz yaş civarında gibiydiler.

Aklıma bir an dünyada iken askere gittiğim zamanki

ilk günüm geldi. Akşam saat on gibi, binanın avlusunda hiç tanımadığım yüzlerce kişiyle bir arada bulunuyordum ve komutanlar bizleri mangalara bölüyorlar ve manga sorumlularını seçiyorlardı. Ne zor bir gündü benim için. Etrafta bir tane tanıdığım insan veya arkadaşım yoktu. Hava karanlık ve serindi. Komutanlar sert ve duygusuz yaratıklar gibi gelmişti o an bana. Aramızda yaş farkı da olan bu insanlarla bir aradaydım ve saatleri onlarla geçiriyordum. Ama en azından bir arada olduğum insanlar kendi ülkemin insanlarıydı.

Burada ise durum çok daha farklıydı. Hayatımda hiç

görmediğim ve hayal dahi edemeyeceğim insan tipleri ve cüsseleri ile bir aradaydım. Hava da oldukça sıcaktı ve ıstırabı iyice artırıyordu. İnsanların ter kokuları ve çıkardıkları gazlardan dolayı havada kötü bir koku mevcuttu.

Hemen yanımda kısa boylu bir kadın ayakta

duruyordu, yüzüne bir gerginlik, gözlerinde ise korku hissi

hâkimdi. "Merhaba." dedim. "Dünyada iken hangi zamanda ve nerede yaşamıştınız?" diye sordum.

Konuşmak istemiyordu ve sorduğum sorunun da onun için bir anlamı yoktu. Son derece soluk ve cansız bir ses tonuyla "1940 yılına kadar, Türkiye'nin Uşak vilayetinde yaşadım." dedi.

Tanrım! Duyduklarıma inanamamıştım. Kendi

ülkemden ve benden nerdeyse elli sene önce vefat etmiş olan birine rastlamıştım. Anladığım kadarı ile insan takımlarını oluştururken takribi olarak aynı yüzyılda yaşamış ve benzer inançlara sahip insanları aynı gruplara dâhil etmişlerdi.

Kadına dönerek "Ben de Türkiye'de, 2003 yılına

kadar yaşadım." dedim. Kadın sanki eski bir dostunu tanımış gibi yüzüme baktı. Yüzünde az da olsa bir aydınlanma ve sevinç belirdi. Başka bir şey söylemedi. Konuşmak istemiyordu daha fazla, bütün düşündüğü şu anda yaşadığı şeyler ve yaşadığı bu sürecin sonunda başına neler geleceğiydi.

Muhtemelen dünyada iken ölümden sonra yeniden yaratılma olayını biliyordu ama bunu fazla önemsemeden bir yaşam sürmüştü ve şimdi de bunun tedirginliği yaşıyor, başına gelebileceklerin dışında bir şey düşünemiyordu. Bunun üzerinde ben de etrafımdaki diğer insanlarla konuşmaya çalıştım. Burada insanlarla kısa sohbetler yapma dışında sürekli arkadaşlık kurmak neredeyse olası değildi. Herkesin kafasında aynı tedirginlik mevcuttu.

Herkes sürekli olarak neler olacağını ve kendisini neler beklediği üzerinde düşünüyordu.

Özellikle dünyada iken rahat bir yaşam sürmüş, etrafındakilere emirler vererek hayatlarını devam ettirmiş, genellikle yönetici konumunda olan ve kendilerini küçük bir Tanrı gibi hissederek hayatlarını yaşamış olan insanlar oldukça zorluk çekiyorlardı. Rahatını bozacak en ufak bir soruna bile tahammül gösteremeyen insanlar burada şu anda ayakta, çıplak ve askerî bir düzen içinde güneşin altında beklemekteydiler. Bu da onlar için dayanılması imkânsız bir işkenceydi.

Burada tırnağının kırılmasını büyük bir kâbus hâline getiren mankenlerden, ömrünü yer altında çalışarak geçiren maden işçilerinden, yaşamını bir suç makinesi gibi harcayan canilerden, bütün yaşamı boyunca bilimle uğraşan bilim adamlarından, hayatını fuhuşla kazanan kadınlardan, ömrünü çiftçilikle geçiren köylülerden, krallardan, devlet adamlarından, generallerden, zengin iş adamlarından, dilencilerden, din adamlarından, dolandırıcılardan tutun da her tür insan ayakta çıplak bir şekilde başına gelecekleri beklemekteydi. İşte hesap günü dedikleri buydu ve bu gerçekten çetin bir gündü.

Birkaç gün önce kendisi ile sohbet ettiğim, şu

dünyanın sonunu gören adam aklıma geldi. Acaba bu durumu nasıl açıklayacaktı? Bunu da mı madde veya evren yapıyordu, eğer yapıyorsa neden yapıyordu? Nasıl cevap vereceğinin bir önemi yoktu. Artık tiyatro bitmiş ve perde kapanmıştı. Ben şu andan itibaren sadece kendimi düşünmeliydim. Dünyadaki cezaların buradakilerin yanında devede kulak kalacağı şüphe götürmez bir gerçekti.

İnsanoğlu oldukça zayıf yaratılmıştı. Dünyadaki deneyimlerimden bunu biliyordum. İnsan istediği kadar cesaret naraları atsın, zor şartlara en fazla bir hafta dayanabilir ve ondan sonra teslim bayrağını çekerdi.

Bu deneyimi askerlik hizmetini yaptığım esnada

dağda katıldığım bir operasyonda yaşamıştım. Kışın katılmış olduğum bir operasyonda dağda iki ay kadar kalmak zorunda kalmıştım. Bu iki ay boyunca sivil yaşama dair hiçbir şeyle bağlantım olmamıştı. Ne bir televizyon izlemiş ne bir müzik dinlemiş ne de herhangi bir şey okumuştum; ne rahat bir yatakta uyumuş ne de rahat bir uyku çekmiştim. Etrafımda robot gibi dolaşan birkaç asker dışında kimseyle konuşmamıştım. Ve insanın ne kadar zayıf olduğunu ve kısa sürede tükeneceğini o zaman görmüştüm.

Buradaki durum çok daha çetin ve zorluydu. Ayakta hiçbir şey yapmadan dikiliyor ve bize verilecek emirleri bekliyorduk. Bu arada gruplama süreci devam ediyordu. Üzerimizden yakın mesafeden sürekli araçlar geçiyor ve taşıdıkları insanları belli noktalara götürüyorlardı. Tam bir insan okyanusu oluşmuştu ama bu okyanus bir o kadar da düzenliydi. Hiçbir karışıklık yoktu.

Sanki devasa bir ordu harekete geçmek için hazırlık

yapıyordu. Havadaki araç hareketliliği iyice azalmıştı. Ve sonunda insanları gruplara ayırma işlemi bitti. Ama şimdi de hayvanları taşımaya başlamışlardı. Hayvanları da türlerine ve sanırım yaşadıkları devirlere göre aynen insanlarda olduğu gibi gruplara bölüyorlardı.

Dünya yuvarlak ve yarıçapı fazla büyük olmadığından dolayı dünyada çok uzaklara giden insanlar gözden kaybolur ve görünmez olurlardı. Burada ise durum farklıydı. Çok daha uzak mesafelerdeki insanları veya hayvan gruplarını görmek mümkündü. Özellikle boyları uzun olan dinozor, zürafa ve fil sürülerini görebiliyordum.

Yırtıcı kuşlar da havada asılı bir şekilde kanat çırpıyorlar ve kendilerine emir verilen alanların dışına çıkmıyorlardı. Karıncaları bile araçlarla toplanma yerlerine götürüyorlardı. Yani diğer bir değişle bütün mahlûkat itaat içindeydi ve zaten bundan başka da bir şeyin olması düşünülemezdi. Özellikle kuşların toplanması egzotik bir görüntü içeriyordu. Yüzbinlerce kuş bir anda gökyüzünü kaplıyor ve sanki bir an gece gibi oluyordu. Daha sonra bu kuşlar kendi aralarında gruplara ayrılıyor ve bekleme alanlarına gruplara bölünmüş bir şekilde gidiyorlardı.

Borazanı andıran şiddetli bir ses duyduk. Sanırım toplanma işi bitmişti ve mahkeme bölgesine intikal süreci başlamaktaydı. İlk olarak yüzlerce grubu paralel bir şekilde yan yana sıraladılar ve bunların arkalarına diğer grupları dizdiler. Belirli bir grup sayısından sonra boşluklar bırakıyorlardı. Bunları arada sırada boşluklara çıkarak baktığımda görebiliyordum ve bir süre izledikten sonra hemen yerime dönüyordum. Aslında yerimden ayrılmama hiç izin vermeyebilirlerdi ama dediğim gibi bizim gruba yönelik çok katı bir davranış sergilemiyorlar ama yakınlıkta göstermiyorlardı. Sonra hareket etmeye başladık. İnsanlar paralel kümeler hâlinde yaya ve çıplak bir şekilde intikal eden büyük bir ordu gibi yürüyüşe geçmişlerdi.

Yargılama alanının olduğu yerde herkesin görebileceği büyük bir platform vardı. Platformun arkasında yargılanacak kişiye ait bilgilerin ve dünyada yapmış olduğu işlerin gösterildiği iki büyük ekran vardı. Ekran diyorum ama dünyadaki gibi cam ekranlar değildi bunlar. Havada asılı bir şekilde duruyorlar ve herhangi bir elektrik kablosuna bağlantıları veya dayandıkları bir şey yoktu. Sanki hava fırçayla boyanmış da boşlukta asılı bir ekran yapılmış gibiydi.

Yargılanacak her insan önce bir platforma çıkıyor, bu

esnada kendisine iki adet görevli eşlik ediyordu. Sonra bu insanın dünyada hangi tarihte ve nerede yaşadığı bilgileri ekranda beliriyor. Ömrünün kaç saniye olduğu belirtiliyor ve sonra doğumundan itibaren gün olarak yapmış olduğu bütün işler anlatılıyordu. Yargılanan kişinin her eylemi için bir puan veriliyordu. İyi işler için sevap puanı, kötü işleri için de günah puanı hesaplanıyordu. Kişinin eylemi puanlanırken yapılan eylemin yaygın etkisi, kişinin iradesinin katkısı, dünyada gönderildiği yer ve aile faktörü, eylemi yaparkenki niyeti, çevresinin yönlendirmesi ve geçmişteki insanların eylemlerinin kişinin eylemini yapmasına olan katkıları birlikte hesaplanarak ve bu durumdaki optimum yapılabilecekler göz önüne alınarak matematiksel bir skor üretiliyordu.

Mesela insanların faydalanacağı iyi bir eser meydana getirdiniz diyelim. Bundan dolayı size bir sevap puanı hesaplanmakta ve bu puanın hesabı esnasında şu faktörler göz önüne alınmaktaydı: Eğer bu faydalı eylemi yapmanızda geçmişteki insanların büyük etkisi varsa sizin yapmış olduğunuz bu eylemden dolayı onlar da puan alıyorlardı. Eğer bu eylemi yaparken siz hür iradenizi çok fazla kullanmıyorsanız size verilecek puan hür iradenizi daha fazla kullanma durumuna göre daha az oluyordu.

Ayrıca yapmış olduğunuz eylemden dolayı sizden sonra yaşayacak insanlar olumlu etkileniyorlarsa bu etki devam ettiği sürece hem siz hem de bu eylemi yapmanızda etkisi olan insanlar puan alıyorlardı. Eğer dünyada varlıklı bir aile ve iyi bir ülkeye gönderilmişseniz bu durumda zaten iyilik yapma imkânınız daha fazla olduğundan yapmış olduğunuz iyilikteki katsayı fakir ülke ve kötü ailede yetişen birinin yapmış olduğu bir iyiliğin katsayısına göre daha az olmaktaydı.

İyilik yaparkenki niyetiniz de en önemli faktörlerden

birisi olmaktaydı. İyiliği sırf yaratıcının rızası için karşılıksız olarak mı, birilerine yaranmak için mi, bazı kuralları yerine getirmek için mi veya bu faktörlerin her birinin belirli oranlarda etkisi ile mi yaptığınızın durumu incelenerek katkı payları hesaplanıyor ve bir puan veriliyordu.

Burada sadece üç etmen saydım ama çok daha fazla sayıda etmenin olduğu durumlarda vardı. Mesela diyelim ki rahmetli dedeniz size yüklü bir para bıraktı ve bu parayı dağıtmanızı istedi. Eğer bu dağıtım işini sadece vasiyeti yerine getirmek amacı ile yaparsanız ve bu iş esnasında büyük bir haz ve istek hissetmezseniz sevap puanı kazanıyordunuz ama istekli bir şekilde yapılana göre daha az oluyordu. Diğer bir değişle yapılan her eylemde taşıdığımız niyetin eylemin puanını artıcı veya azaltıcı etkisi olmaktaydı. Dağıtılan para insanlar tarafından kullanıldığı ve onların faydalı işler yapmasına sebep olduğu sürece size puan olarak geri dönüyordu.

Diyelim dağıtmış olduğumuz para ile bir baba oğlunu

okuttu. Bu durumda babanın eyleminden ve okuyan çocuğun okumasından dolayı yaptığı faydalı işlerden sizlere de puan yazılıyordu. Ama tabii ki yaygın etki matematiksek olarak her sonraki kuşakta azalan bir eğilim göstermekteydi. Ayrıca dedenizin o parayı kazanmasında eğer bazı kişilerin rolü varsa o kişiler de dağıtılan paranın etkisinden kaynaklanan sevap puanlarından faydalanmaktaydı ve dedenizin o parayı kazanmada göstermiş olduğu çabası ve buradaki hür iradesinin rolü aldığı sevap puanını etkilemekteydi.

Alınan puanlar genelde faydalı eylemin yapıldığı anda

yüksek değerler alıyor geçmiş ve gelecekten gelen puanlar ise eylemin yapıldığı andaki kadar yüksek olmuyordu. Mesela bir noktaya atılan bir bombayı düşünün. Bombanın düştüğü yeri şimdiki an, bombanın sol tarafını geçmiş, bombanın sağ tarafını ise gelecek diye düşünün. Genelde alınan puanlar bombanın atıldığı yer ile sol ve sağındaki bölgelerdeki etkisi ile benzerlik göstermekteydi. Ama bu durumun istisnası olan durumlar da vardı. Mesela insanlığa faydalı bir buluş gerçekleştirmiş olan kişinin buluşu kendi ölümünden sonra fark edilip kullanılırsa ölümünden sonra da ciddi sevap puanları kazanmaya devam etmekteydi.

Sevap puanlarının hesaplanmasındaki ilginç bir gerçekte kişinin hangi aileye, hangi ülkeye, hangi tarihte gönderildiğinin puanlamaya etkisinin çok büyük olmasıydı. Aynı devirde aynı ülkede yaşamış bir fakir ve bir zengin insanın yaptıkları hayırlara karşı aldıkları sevaplar tamamen değişik ölçeklerle hesaplanıyordu. Mesela zengin adamın binlerce bağış yapsın ve bunun karşısında yüz bin puan almış olsun. Bağış yapabilecek durumda olmayan fakir adamın ise sabredip kendisini hırsızlıktan ve benzer kötülüklerden içindeki sese kulak vererek uzak durması aynı puanı hatta çok daha fazlasını almasına yeterli oluyordu. Diğer yandan daha önce bahsettiğim gibi kişinin eylemini yapmasına etken olan geçmiş ve şimdiki bütün faktörler hesaba katılıyor ve ona göre bir değerlendirme yapılıyordu.

Teknoloji çağına ulaşanlar daha hızlı ulaşım

imkânlarına sahip, daha zeki, daha bilgili ve daha zengin insanlar olduklarından dolayı iyilik yapmalarının teknoloji öncesi devirlerde yaşayan insanlara göre daha kolaydı. Bu nedenle iyilik puanlamaları daha küçük bir ölçeğe göre yapılıyordu. Dünyanın var olmasından itibaren dünyada yaşayan bütün insanları, ömür başlangıç ve bitiş tarihlerine göre zaman ekseninde sıraya soktuğumuzu farz edelim ve her insanın ömrünü kısa bir çizgi ile ifade edelim. Bu durumda iki boyutlu bir şekil elde ederiz. Şeklin yatay ekseni zaman, düşey ekseni ise birbirleri ile kısmen veya tamamen örtüşen kısa çizgilerden oluşacaktır. Zaman ekseninin belirli bir bölümünde yaşayan insan sayısı arttıkça şekil bombeli bir yapı alacak, insan sayısı azaldıkça da şekil ince bir dikdörtgeni andıracaktır.

İşte bu şekil üzerindeki bir insanın yaptığı ameller

hem geleceği etkiliyor yani yatay eksende yayılma etkisi var hem de dikey yayılma etkisi var, yani aynı zamanda yaşamış olan diğer insanlar üzerinde etkisi olmaktaydı. Her yaptığımız amelin hem yatay eksende hem de düşey eksendeki etkileri göz önüne alınıyor, ayrıca geçmişten gelen yaygın etkiler ve düşey eksenden gelen yaygın etkiler de hesaba katılarak bir puanlama yapılıyordu.

Kötü amellerin puanlamasında da iyi amellerin puanlamasında kullanılan mantık kullanılıyordu. Kötü bir eylemin puanı hesaplanırken bu eylemin geleceğe olan yaygın etkisi ve etkilediği insanlar ve bu insanların yapılan bu kötülükten etkilenerek yapmış oldukları kötülükler de hesaba katılıyordu. Ayrıca yapılan kötülüğün yapıldığı zamandaki insanlara olan yaygın etkisi de bir ölçeğe göre hesaplanıyordu.

Mesela annesiz ve babasız sokakta büyüyen bir

çocuğu ele alalım. Bu çocuğun çevresinde hep suç

makinesi sayılan insanlar olacağından bu çocuğun suça yönelmesi daha kolay olacaktır. Ama yaratıcı bu kimsenin karşısına bazı fırsatlar çıkararak bu kişinin hür iradesine ne kadar kulak verdiğini ölçüyordu. Sorgulama esnasında birçok suç işleyip de çok az günah puanı alanlar olduğu gibi birçok suç işleyip de çok fazla günah puanları alanlar da vardı. Puanlama esnasında eylemi yapan kişinin bulunduğu koşullar ve geçmişin eylemin yapılmasındaki etkisi ve eylemin geleceğe etkileri ve kişinin hür iradesinin katkıları göz önüne alınarak bir üst sınır ve alt sınır yani en iyi durum ve en kötü durum bilgileri hesaplanarak kişinin davranışı bu ideal ölçütlerle karşılaştırılarak bir puanlama yapılıyordu. Tabii yapılan kötü amellerin puanlamasında kişinin gönderildiği aile, etrafındaki kişiler, ülkesi, hangi zamanda gönderildiği gibi etmenler de göz önüne alınmaktaydı. İşte bu nedenlerden ötürü bizim dünyada iken iğrenti ile baktığımız bazı insanlar burada yaptıkları kötü eylemlerden dolayı yüksek kötülük puanı almama durumları olduğu gibi tam tersi durumlarda mevcuttu.

Kötülük puanları bildiğimiz klasik insan duygularına,

mesela kıskançlık, intikam, nefret, kötü niyet vb. verildiği gibi kötü niyetli eylemlere mesela hırsızlık, fuhuş, fiziksel saldırı, tecavüz, cinayet, dolandırıcılık, yalancılık gibi eylemlere de verilmekteydi. Bunun dışında zamanı boşa geçirmek, iyi örnek olmamak, olaylara kayıtsız kalmak, başkalarının kötü eylemleri karşısında kayıtsız kalmak, dünya çalışmalarına aşırı kendini kaptırmak, bir kötü bakışa, nedensiz gülerek karşısındakini irrite etmeden tutun da kasıtlı olarak selam almamak gibi aklınıza gelecek her türlü durumlara da kötülük puanı verilmekteydi.

Ayrıca iyi işler yapanlara engel olmak, bilgisi olmadığı hâlde bilirkişi gibi yorum yapmak gibi davranışlara da kötülük puanı verilmekteydi. Kötü amelleri yapan kişilerin sevap puanlarının bir kısmı bu kötülükten etkilenen insanlara veriliyordu. Mesela dedikodusu yapılan kişi dedikodusunun yapan kişiden sevap puanı alıyordu. Dünyada kasıtlı olarak hakkı yenen kişi hakkını yiyen kişilerden eylemin niteliğine göre ciddi sevap puanları almaktaydı.

Şu ana kadar anlattıklarım insanların sıradan eylemlerinin puanlamasıydı. İnsanların eylemleri dışında, onların dünyada yaşarken yaradılışı fark edip etmedikleri değerlendirmedeki en yüksek puanlama faktörlerinden birisiydi. Dünyada yaşarken yaradılışı hissedemeyen ama inanarak kuralları uygulayan kişiler de değerlendirmede yüksek puanlar alıyorlardı.

Kurallar derken, insanlara iyilik yapan, kötülükten

kaçan ve kötülüğü engelleyen, bunun dışında yaratıcıyı yâd eden kişiler buradaki değerlendirmede yüksek puan alıyorlardı. Yaradılışı görüp kuralları uygulayan kişiler, sadece direk olarak inanan kişilere göre daha üst bir

puanla değerlendirmeyi bitiriyorlardı. Yaradılışı gören ama kuralları uygulamayan veya eksik uygulayan kişi, kurallara uyma miktarına göre belirli bir puan alıyorlardı ama bu puan yeterli olmayabiliyordu.

Diğer yandan artı ve eksi puanların yanında puan iptal durumları da vardı, özellikle kötü amel işleyip de pişmanlık duyup yaratıcıdan af dileyen kişilerin günah

puanlarının bir kısmı yaratıcının kararına göre iptal edilmiş olabiliyordu. Puan iptalleri hem pozitif hem de negatif puanları kapsamaktaydı. Yaradılışı keşfetmek kişinin sadece kendi çabası ile olabilecek bir şey olduğu burada çok açık gözüküyordu. Bu konuda babanın oğula, hocanın öğrencisine hiçbir faydası olamadığı değerlendirme sonuçlarından belli oluyordu.

Yargılamamaların sonunda günah ve sevap

puanlarının birbirinden çıkarılması yapılıyor ve kalan puan türüne göre kişinin gideceği yer belirleniyordu. Sevap puanları günah puanlarından fazla gelenler için yüz

binden fazla değişik derecede cennet mekânları vardı. Her derecenin de alt dereceleri mevcuttu. Mesela diyelim ki sevap puanlarınız fazla geldi ve yetmiş bininci derecedeki cennete gitmeye hak kazandınız. Yetmiş bininci cennetin içinde de kendi içinde en az elli bin alt derece bulunmaktaydı. Hatta bazı durumlarda alt dereceler de kendi içlerinde değişik derecelere bölünebiliyordu.

Günah puanlarınız fazla geldiyse bu durumda ise en

az yüz bir çeşit derecedeki cehennemden birisine gidiyordunuz. Aynı cennette olduğu gibi değişik derecelerdeki cehennemler kendi içlerinde de alt derecelere ayrılıyordu. Alt derecelerin de kendi içlerinde değişik derecelerde sınıflandığı da oluyordu. Öyle bir matematiksel hesaplama yapılıyordu ki sadece bir kaç kişinin puanının hesaplanması dünyadaki bilgisayarlarla yapılsa bu belki de aylarca zaman alacaktı.

Sonunda yargılanma sırası bana geldi. İsmim okundu,

dünyada yaşadığım yer, zaman, gönderildiğim aile ve bireyleri, kendi ailemden bahsedildi. Platforma çıktım. Âdeta kalbim yerinden fırlayacak gibi hızlı çarpmaya başladı. Ağzımın kuruduğunu hissettim. Yutkunmam durdu ve kan beynime hücum etti bir anda. Benim için artık zaman durmuştu. Ve yapmış olduğum ameller anlatılmaya başlandı. Doğumumdan ölümüme kadar yapmış olduğum her şey hızlı bir şekilde özetlenip puanlanıyordu. Sevap puanlarım da günah puanlarım da genelde orta diyebileceğimiz puan sınıfına giriyordu. Öyle ahım şahım bir sevap puanım yoktu ve benzer şekilde öyle ahım şahım bir günah puanım da yoktu. Benim zamanımda yaşamış olan ve sıradan günlük yaşamıyla ömrünü geçiren bir insanın almış olduğu sevap ve günah puanlarını alıyordum.

Dünyada iken mühendislik deneyimlerimin anlatıldığı

bir kitap yazmıştım. Ölümümden sonraki on sene süresince bu kitaptan yararlanan insanlardan sevap kazanmıştım, bu benim moralini oldukça düzeltmişti. Bunun dışında iş yerindeki ıvır zıvır çekişmelerden ve aile içindeki tartışmalardan günah puanları almıştım. Akraba ilişkilerini zayıf tutmamdan da bir miktar günah puanı almıştım.

Minik minik sevap ve günah puanlarım toplanan toplana sonunda yekûn kısmı oluşmaya başladı. Son kısımda maalesef günah puanlarım çok az farkla öndeydi. Bundan dolayı cehennemde bir süre kalmam gerekmekteydi. Gideceğim cehennem derecesine karar verildi. Derecesi doksan sekiz bin yedi yüz altmış olan cehenneme gidecektim. Gideceğim bu cehennemde alt derecesi yirmi dört bin yüz yirmi üç olan alt cehennem bölgesinde cezamı çekecektim. Bu bölgede seksen bin yıl kalacaktım. Daha sonra dereceler on biner düşürülerek yirmişer bin yıl daha cehennemde kalacaktım. Toplamda yüz yirmi bin sene ediyordu.

Bir anda rengim attı, başım dönmeye başladı, ailem

ve dünyada doyamadığım çocuğumu bile unutmuştum. Sonunda hakkımda cehennem kararı çıkmıştı. Çok üst dereceli bir cehennem değildi, hatta çok az bir sevap puanım daha olsaydı en azından toplamda sıfır puana ulaşacaktım ve cennet olmasa bile en azından ara bölgeye gitme şansım olacaktı. Ayakta daha fazla duramadım ve olduğum yere yığıldım, çırılçıplak bir şekilde yere sırt üstü uzandım. Ben dünyada yüz sene bile yaşamamıştım. Ama yüz yirmi bin sene cehennem cezası almıştım. Bu kadar uzun bir süre cehennem gibi bir yerde nasıl geçecekti acaba? Bu zaman geçer miydi? Bir ara askere giden erlerin şafak saydıklarını hatırladım. Evet, ben de cehennemde belli ki şafak sayacaktım. Ama benim sayacağım muhtemelen günler değil saniyeler olacaktı.

Yerde yatarken kulağıma inen bir tekme ile neye uğradığımı şaşırdım. Benden sorumlu olan iki görevli, omuzlarımdan tutup sert bir şekilde ayağı kaldırdılar ve dâhil olduğum gruba götürdüler. Sonuçta hakkımda cehennem kararı çıkmıştı ve bu andan itibaren herhâlde iyi davranış beklemem çok mantıklı olmazdı. Kendimi sanki lanetlenmiş gibi hissediyordum ve başıma gelecek şeyler için şimdiden beni büyük bir korku sarmıştı.

Daha yargılaması yapılmamış önümde duran bir adam geriye dönüp yüzüme baktı. Bir anda kan beynime fırladı, adama olanca gücümle saldırdım. Yumruklarım ve tekmelerime vurabildiğim bütün her yerine vurmaya çalıştım. Tırnaklarımla derisine zarar vermeye çalıştım.

İki görevli bizi ayırdılar ve bir daha tekrar edilirse misliyle orada bana ceza vereceklerini söylediler. Kavga esnasında adam kulağımı ısırmış ve eliyle cinsel organımı çekerek acıtmıştı. Kulağımdan akan kanlar bütün omuzumu kaplamıştı ve cinsel organımda dayanılmaz bir acı vardı. Sevmediğim o adamla maalesef arka arkaya diğer kişilerin de yargılanmasını izlemeye devam ettim.

Yargılama platformuna iri yarı bir adam çıktı. Evet,

bu adamı bir yerlerden tanıyordum. Herkes otuz yaş civarında olduğu için insanların gençlik suratlarını hatırlamak biraz zor oluyordu. Bu adam bizim şirketteki şu ahlaksız adam Selim Yılmaz'a çok benziyordu. Dev ekranlardan adamın yüzü çok net görülüyordu öyle ki yanımda olsa belki yüzünü daha iyi göremezdim. Daha sonra adamın bilgileri ekrandan verilmeye ve okunmaya başlandı. Evet oydu. O lanet herifin kendisiydi. Şirkette yapmadığı hinlik, dolandırıcılık, ayak kaydırma, kendisini hep olduğundan daha iyi gösterme, sarkmadığı kadın eleman kalmamıştı. Ama buna rağmen bazıları ile olan bağlantılarından dolayı pozisyonunu korumayı başarmış ve şirket içesinde zamanla yükselmişti. Ama burada yapabileceği bir hinlik yoktu. Onu koruyacak veya ona torpil sağlayacak kimse de yoktu. Bakalım ne olacaktı.

Selim Yılmaz'ın yüzü korkudan kapkara olmuştu. Tedirginliği çok açık seçilebiliyordu. Yargılamasına geçildi, yaptığı amelleri ve bunların puanlaması herkeste olduğu gibi yapıldı. Yargılamanın neticesinde günah puanları çok daha fazla geldi ve dört bin üç yüz elli iki dereceli cehennemden başlamak üzere toplamda dokuz yüz elli milyon sene cezaya çarptırıldı. Allah'ım bu ne cezaydı böyle.

Diğer yandan benim cezam da onun cezası da en azından sonlu bir sayıydı. Uzun sürelerdi ama sonsuz yaşamın olduğu bir yerde sonlu zaman illaki biter, tükenirdi. Bu açıdan bakıldığında insan biraz daha geleceğe umutla bakabiliyordu. Selim Yılmaz sanki yürüyen bir ceset hâline gelmişti. Koluna giren iki görevli tarafından sırasına götürüldü. Yüzlerce belki de bini aşkın insan yargılanmıştı ama şu ana kadar cennete gitme hakkı kazanan çıkmamıştı. Üç beş tane ara bölgeye gitme hakkı kazanan kişi çıkmıştı. Onun dışındakiler için cehennemin değişik derecelerine gitme kararları çıkmıştı.

Platforma ufak tefek kara kuru bir adam çıktı. Adamın yüzünde bir parlaklık vardı. "Allah Allah," diye mırıldandım. "Bu adam nereye gideceğini nereden biliyor acaba?" diye düşündüm. Adam son derece endişeliydi ve yüzünde herkeste olduğu gibi bir korku vardı. Ama buna rağmen suratında sanki krem sürülmüş gibi bir parlaklık seçilebiliyordu.

Çelimsiz adamın yargılamasına geçildi. Adam

nerdeyse yaptığı çoğu hareketi iyi niyetle ve karşılıksız yapmış. Bunun dışında ufak tefek günahlar da işlemiş. Evrendeki mimariyi ve yaradılışı fark edememiş ama yaradılışa inanarak yaratıcıyı elinden geldiğince anmaya çalışmış. Adamın yargılaması bitti ve sevap puanları baskın geldi. Buna göre adam cennete gidecekti. Almış olduğu sonuç puanına göre adamın otuz sekiz bin iki yüz elli dereceli cennetin iki bin seksen yedi dereceli alt cennetine gitmesi kararı çıktı.

Adam sevincinden sürekli olarak zıplıyor ve

platformun içinde bir oraya bir buraya koşup duruyordu. Adam dünyada iken sıradan bir yaşam sürmüş. Dünyada iken öyle önem verilebilecek bir mala mülke ve eğitime sahip olamamış. Yani dünyadaki birçok kişinin önemsiz diyebileceği bir insan olarak yaşamış. Ama bulunduğu şartlarda yapmış olduğu ameller o şartlardaki en ideal puanlar göz önüne alındığında yüksek puanlar almasına sebep olmuş ve cennete gitmesini sağlamıştı.

Cehenneme mahkûm edilen birisi olarak, adamın bu

kadar sevinç gösterileri yapması beni sinirlendirmeye

başlamıştı. Düşük bir ses tonuyla "Bencil lanet pislik." diye söylendim. Ama niye böyle düşünüyordum ki sanki? Dünyada iken bu adamdan ne eksiğim vardı ki? Adam çalışmış, inanarak, bulunduğu şartlarda göz önüne alındığında benden daha fazla iyilik veya iyi işler yapmış, ailesine ve etrafına iyi davranmış ve bunun neticesinde burada sadece çalışmasının karşılığını almıştı. Hesabını vermişti, bana ya da bir başkasına herhangi bir şey kanıtlamak veya birilerinden çekinmek zorunda değildi.

Daha sonra platforma bir Musevi çıktı. Adam hâlâ

kendisine ayrıcalık tanınacağı umuduyla perçemlerini ellerine almış platforma doğru ilerliyordu. Sanırım birinin kendisini perçemlerinden tutarak direk cennete alacağını sanıyordu.

Oysaki dünyada yaşayan insanlara yaratıcı tarafından

rehberler gönderilmiş ve bütün rehberlerin söyledikleri de aynı şeylerdi. Evrendeki mimariyi görerek yaradılışı tasdik edin ve yaratıcıya inanarak iyi ameller yapınız. Bunun dışında hiçbir insanın diğerine herhangi bir üstünlüğü yoktu. Zaten bunun fiziksel olarak da olabilirliği söz konusu değildi. Ama ne hikmettir ki dünyada bazı insanlar veya insan grupları kendi yaratmış oldukları akvaryum içinde yaşayarak gerçeklerden uzaklaşmıştı. İşte inanç böyle garip bir olgu idi. Bir insan kafasında yarattığı bir dünyada sanki o dünya gerçek ve doğru gibi düşünerek yaşayabiliyordu. Bu dünya dinî düşüncelerle oluşturulabileceği gibi, politik, hatta saçma sapan konularda bile oluşabiliyordu. Bu da insanın bir yaradılış özelliğinden başka bir şey değildi. Yani insan beyni tasarlanırken bu şekilde davranabilecek bir yapıda oluşturulmuştu ve aslında bu insanın duygudan ve düşünceden bağımsız olan hür iradesine nasıl kulak vereceğinin testinden başka bir şey değildi.

Yahudi adamda umduğunu bulamamanın vermiş olduğu bir hayal kırıklığı vardı. Dünyadaki yaşamı boyunca seçilmiş özel insan olduğuna inanmıştı. Kendi

hayal dünyasında yaşayıp gitmiş ve şimdi burada ayrıcalıklı insan olacağını sanmıştı. Fakat o da herkes gibi yargılanmış, herkes gibi puanlaması yapılarak gideceği yere hükmedilmişti.

Daha sonra bir kadın platforma çıktı. Sürekli haç

işareti yapıp duruyordu. "Bunlar da ne şekilci insanlar." diye söylendim. Bir önceki Yahudi gibi bu kadın da şekle esir olmuştu. Dünyada insanlara gönderilen dinlerin amaçları aynıydı: Yaratıcıyı hissedebilmek ve evrenin mimarisini görerek yaşantımızı ona göre planlamak. Haç işareti yapmanın bir anlamı yoktu. Bu sanki işe giriş mülakatında bir insanın iş tecrübeleri yerine lisede bir dersten aldığı nottan bahsetmesi gibi bir şeydi. Burada sadece yapmış olduğumuz iyi ve kötü işler ile inanç ve düşünce sistemimiz puanlanıyordu ve bunun hâlâ farkında değildi. Yaptığı haç işaretlerinin ona bir ayrıcalık getireceğini düşünüyordu.

7

OYUN BİTTİ

Yüzbinlerce platformda yargılama işlemleri paralel bir şekilde devam etti. Sonunda yargılama süreci bitti ve cennete ve cehenneme sevk aşaması başladı. Siren

şeklinde büyük bir ses duyduk. Görevliler gelerek gruptaki

intizamı kontrol ettiler, sıraları tekrar düzenlediler. Benim dâhil olduğum grubun yanına başka gruplar gelerek paralel bir şekilde durdular. Trilyonlarca insandan oluşan kümeler, birbirine paralel gruplar hâlinde yürüyüşe geçmişti. Havaya kalkan toz topraktan göz gözü görmüyordu. Düz bir alanda iki saat boyunca hiç durmadan yürüdük ve sonra yirmi dakika kadar dinlenme molası verdik. Dinlenmek için bulunduğumuz yere çöküyorduk. Sadece oturuyor ve bu şekilde yorgunluğumuz atmaya çalışıyorduk.

Mola esnasında su ve yiyecek dağıtılıyordu. Gerçi aç

kalsak da ölmeyecektik ama kuvvetli açlık ve susuzluk duygusunu hissediyorduk. Ne dağıttıkları suyun ne de dağıttıkları yiyeceğin bir tadı, tuzu vardı. Saman yesek ve çamurlu suyu içsek belki de daha lezzet alırdık. Hiç kimse konuşmak veya sohbet etme isteği göstermiyordu.

Yürüyüşe tekrar geçtik ama bu defa yürüyüş yolu

hafif yokuştu ve biraz daha yorucu bir yoldu. Bir saat kadar yürüdükten sonra kazanmış olduğumuz yükseklikten geriye doğru baktım. Arkamızda geniş bir otobanı veya ırmağı andıran bir insan sırası vardı.

Dünyada iken Ankara'nın Kırıkkale ilçesine gittiğimde yüksek tepelerden Kızılırmak'ı seyretme şansım olmuştu. Heybetli Kızılırmak, kızıl güneşin altında kıvrıla kıvrıla kilometrelerce uzakta ufukta kayboluyordu. Burada da benzer bir şekilde kilometrelere uzunluktaki insan kümesi kıvrıla kıvrıla ufukta kayboluyordu.

Aylarca yürüdükten sonra uzun geniş bir köprünün

önüne geldik. Köprünün üzerinde belirli aralıklarla köprüden ayrılan ve aşağıya doğru devam eden yollar vardı. Bunun dışında köprünün altında devasa bir boşluk vardı. İşte bu sırat köprüsü dedikleri köprü olmalıydı. Köprünün üzerinde yürüyüşe geçtik. Köprünün sağındaki ve solundaki karanlık devasa boşluklar insanın içini ürpertiyordu. Sanki köprü değil de boşlukta asılı duran yüzlerce kilometre uzunluğunda bir yoldu.

Köprü üzerinde yürüyüşe esnasında yaklaşık her on

beş dakikada bir duruyorduk ve köprüye bağlanan yollardan ayrılması gereken insanlar ayrılıyordu. Köprüden ayrılan binlerce belki de on binlerce yol vardı ve bu yollar değişik derecelerdeki cehennemlere gidiyordu. Ben de sıram gelince bu yollardan birine sapacaktım.

Köprünün üzerindeki taşlar çok sertti ve ayağımıza

batıyordu. Cehennem acısı şimdiden başlamıştı bir bakıma. Köprünün giriş kısmında o kadar kalabalıktık ki nerdeyse birbirimizi eze eze ilerliyorduk. İlk dur komutundan sonra bulunduğum gruptan bazıları cehennem yolunda ayrılınca az da olsa bir rahatlama olmuştu. Her dur komutu ile birlikte birileri ayrılıyor ve grubumuz biraz daha tenhalaşıyordu. Gidecekleri cehennem yoluna yaklaşan kişilerden bazıları korkularından ayakta yürürken dışkılarını yapıyorlardı ve bizlerde bu dışkılara basa basa yolumuza devam ediyorduk.

Köprünün baş kısımlarından ayrılan yollar yüksek

dereceli cehennemlere gidiyordu. Bu yola ayrılan bir grup insanı görmüştüm. Yüzleri simsiyah olmuştu, moralleri zaten sıfırdı. Çok kötü de kokuyorlardı. Görevliler de onlara çok kötü davranıyorlardı.

Köprünün sonlarına doğru yaklaştığımızda insan sayısı iyice azalmıştı. Köprünün sonuna erişen kişiler cennetlere dağıtılacaklardı. Geriye dönüp baktığımda insan kümelerinin çok seyrelmiş olduklarını gördüm. Köprünün sonlarına yaklaşmıştık, nerdeyse on, on beş kilometrelik bir mesafe kalmıştı köprünün bitmesine. İki görevli iki yanımdan koluma girdiler ve cezamı çekeceğim cehennem yoluna geldiğimizi burada köprüden ayrılacağımızı söylediler. Evet cehennem. Sonunda korktuğum cehennem karşımda belirmişti.

Köprü yolundan loş ve pis kokulu bir yola saptık.

Yol boyunca çürümüş yumurta veya hayvan leşi kokusuna benzeyen ağır bir koku havayı kaplamıştı. Evet, cehenneme gidiyordum, gül kokuları ile karşılanmayacaktım herhâlde. Bu daha başlangıçtı ve kim bilir nelerle karşılaşacaktım.

Cehennemde toplam kalma sürem de 120 bin seneydi. Cehennem patikası ayrıldığım mahşer köprüsüne göre oldukça dar bir yoldu ve yürüme açısından oldukça zorlu bir patikaydı. Birkaç haftalık bir yürüyüşün ardından sonunda cezamı çekeceğim cehenneme geldim.

Cehennemin girişinde tatil köylerindeki gibi bir giriş kapısı ve cehenneme kabul bölgesi diyebileceğimiz bir bölge vardı. Bu bölgeye geldiğimde cezamı çekeceğim esnada kalacağım evi tespit ettiler ve iki görevli eşliğinde kalacağım eve gönderdiler. Büyük bir evdi bu. Üç katlı bir malikâne. Kocaman bir avlusu ve havuzu vardı. Hatta ahırlar, ahırlarda kalan hayvanlar ve bunlara bakan görevliler vardı. Sanki bir çiftlik evi havası vardı. Evet, şu ana kadar çok olumsuz bir şeyle karşılaşmamıştım ve eğer cehennem hayatı bu şekilde devam ederse -ki sanmıyordum öyle devam edeceğini- burada zaman geçer diye düşündüm. Aslında bir çeşit iyimserlik oynamak istiyordum. Her cehennem böyle olmasa gerek diye düşündüm. Ne de olsa az bir puanla cenneti kaçırmıştım. Bundan dolayı da şu ana kadar çok kötü bir şeyle karşılaşmamıştım.

Evdeki odaları gezdim. Yatak odamda gardırobum bile vardı. İçinde de çeşit çeşit elbiseler mevcuttu. Elbiselerden birisini giymem gerektiğini söylediler. Bir adet pantolon ve gömlek buldum, iç çamaşırlarının olduğu çekmeceden iç çamaşırları da aldım. Malikânenin içinde hizmetçiler de vardı.

Hizmetçinin birisi bir ihtiyacım var mı diye sordu. "Hayır, teşekkür ederim şimdilik yok." diye karşılık verdim. Hizmetçi kadın oldukça yaşlı, ekşi ve asık suratlı, rengi solmuş, nerede ise gri renge bürünmüş bir yüzü vardı. Kendisine "Bütün cehennemler böyle mi?" diye sordum.

"Hayır, tabii ki. Cehennemler derece derece; sizin

cehenneminizde ateş yok, cezanızı ateş olmadan çekeceksiniz." diye cevap verdi.

Kendimi şanslı hissetse miydim, bilemiyordum. Gerçi

şans sözcüğü burada kullanmak doğru değildi. Yaptıklarım değerlendirilmiş ve almış olduğun nihai puanın sonunda gideceğim yerin burası olmasına karar verilmişti. Üniversite sınavında aldığınız puana göre üniversite ve bölüm seçimi gibi bir şeydi bu. Malikânenin içerisi oldukça loş, rutubetli ve havasızdı. Pencereleri açmama rağmen sanki içerisi hiç havalanmıyordu. Dışarısının da içeriden pek bir farkı yoktu. Loş ve iç karartıcı bir hava vardı. Havadaki nem oranı da çok fazlaydı. Ara sıra çok kısa süre güneş açtığı da oluyordu. Aşırı nemden dolayı insanın üzerinde büyük bir ağırlık ve bezginlik vardı.

Aklıma bir iş gezisi için bulunduğum Güney Kore'nin

başkenti Seul geldi. Seul'e Ağustos ayında gitmiştim. Uçaktan indikten sonra âdeta bir şok yaşamıştım. Nem oranı yüzde yüzdü ve ben kendimi denizde yaşayan bir balık gibi hissetmiştim. Otelden dışarı çıkıp dışarıda bir saat bile dolaşmak beni mahvediyordu. Bundan dolayı günün büyük bir kısmında otelin içinde kalmıştım. Sadece gerekli olduğunda dışarıya çıkıyordum.

İşte burada da Seul'den bile daha bezdirici hava vardı. Cehennemde dünyadaki gibi gece ve gündüz kavramları yoktu ama zamanın geçtiğini anlamamızı sağlayan küçük değişimler mevcuttu. Zaten loş olan hava çok az daha loşlaşırsa yarım gün geçmiş oluyordu. Koyu loş hava normal loşluğa gelirse gündüz gibi düşünülebilirdi. Diğer bir değişle kutuplardaki gece ve gündüze benzer zaman ayırımı mevcuttu.

Cehennemdeki ilk birkaç günümde herhangi bir

sorun yaşamadım. Günler son derece renksiz ve keyifsiz geçiyordu. Yediğimiz içtiğimiz hiçbir şeyde ne lezzet ne de bir neşe vardı. Sanki her yerde bir keyifsizlik ve hüzün vardı. Sıradan ve keyifsiz bir günün ardından uyumak için yatak odama çıkıyordum.

Cehennemde komşularım da vardı ama henüz onlarla tanışmamıştım. Evlerini görebiliyordum, benim evime oldukça uzak mesafedeydiler. Evimin karşısındaki dağın yamacında bir malikâne vardı. Sanırım orada benim gibi birisi kalıyordu. Bir ara oraya gidip o malikânede kalan kişi ile tanışmayı planlıyordum. Yatak odasında kıyafetlerimi değiştirdikten sonra yatağıma uzandım ve yarın neler yapacağımı düşündüm. Lafın gelişi yarın diyorum, çünkü bahsettiğim gibi dünyadaki gibi keskin bir gece ve gündüz durumu yoktu. Ben de kendime göre bir düzen getirmiştim. Uykudan sonraki dilime yarın diyordum kendimce.

Yatakta iyice ağırlaşmaya başlamıştım, her an uykuya dalabilirdim ve uykuya daldım. Bir anda burnumum ucunda şiddetli bir acı hissettim. Çok fazla uyumuş olamazdım, uykuya dalalı en fazla birkaç saat olmuştu. Gözlerimi açtım, bu da ne, yüzümün üzerinde bir hayvan vardı. Burnumu ısırmıştı. Hayvanı elimle tutup çekerek burnumu bırakmasını sağlamaya çalıştım. Olanca güzümle hayvanı sıkarak ve hızla çekerek burnumu kurtarmayı başardım. Ama burnumum uç kısmı kopmuş ve kan akmaya başlamıştı. Hayvanı olanca gücümle odanın duvarına doğru fırlattım. Bu bir lağım faresiydi. Odanın içinde yüzlerce lağım faresi vardı. Hatta yatağımın yorganının içerisine de beş on kadar fare girmişti.

"Lanet olası pislikler, bunlar da nereden çıktı bir anda." diyerek kendi kendime söylendim. Fareler üzerime doğru atlamaya başladılar, kollarımı, bacaklarımı, sırtımı, ensemi, kulağımı, yüzümü, her yerimi ısırmaya başladılar. Olanca gücümle yataktan zıplayarak farelerin üzerine çıplak ayakla basarak odanın kapısına doğru koştum. Bir taraftan da her yerime dişleri ile yapışan fareleri elimle çekip rasgele sağa sola fırlatıyordum.

Üzerine bastığım farelerden ciiiyyykk diye bir ses çıkıyordu. Odanın kapısına ulaştım ve kendimi dışarı attım. Yüzlerce lağım faresi beni takip ediyorlardı. Yakınıma gelenler bacaklarımı dişlemeye çalışıyorlardı. Daha hızlı alt kata inmek için merdiven korkuluklarından kaymaya karar verdim. Kayarken dengemi kaybettim ve korkuluklara düşmemek için abanınca, kendimi korkuluklarla birlikte alt katta buldum.

Fareler de yukarıdan üzerime atlamaya başladılar. Onlar da kısa yoldan bana ulaşmaya çalışıyorlardı. Etrafta kimse yoktu. Hizmetçilerde muhtemelen istirahate çekilmişlerdi. "Kimse yok mu? Yardım edin." diye bağırdım. Lağım fareleri ile baş başaydım. Bana doğru koşan farelerden kendimi korumak için elime geçirdiğim vazoları, duvardaki süsleri var gücümle farelere doğru fırlatıyordum.

Evin içinde kalamazdım, koşarak avluya çıktım.

Fareler de neredeyse benim kadar hızlı koşuyorlardı. Avluda bahçe işlerinde kullanılan bir kürek buldum. Kafalarına küreğin sivri tarafını olanca gücümle vurarak fareleri öldürmeye çalışıyordum. Avlu kan gölüne dönmüştü. Ama sanki çoğalarak geliyorlardı, öldürmeye devam etmeme rağmen sayıları bir türlü azalmıyordu. Tek kurtuluş yolu kaçmaktı. Ayakkabılarımı giymeyi başardım ve malikânenin avlusundan dışarı çıkarak koşmaya başladım. Fareler de peşimden geliyordu.

Olanca hızımla koşarak ormanlık bir alana daldım,

belki peşimi bırakırlar umudu ile yürümesi koşması zor olan bol yapraklı bir alana saptım ama sanki fareler kokumu alırcasına peşimden gelmeye devam ediyorlardı. Artık koşacak gücüm kalmamıştı, iyice yorulmuştum. Nefes nefese kalmıştım ve daha fazla ilerleyemedim ve olduğum yere çöktüm kaldım.

Fareler bana yetiştiler ve vücudumun her yerimi ısırmaya başladılar. Vücudumda ısırılmadık yer bırakmadılar. İki kulağımı da yarısına kadar kopardılar. Vücudumdaki nerdeyse bütün sinirler acı duyusu ile yanıp sönüyordu. Yapabileceğim bir şey olmadığından dolayı durumu kabullenmeye çalışıyordum ama bedensel acıya alışmak mümkün değildi. İnsanoğlu bedensel acı karşısında bütün yelkenleri indirmeye hazır bir yapıda yaratılmıştı ve ben şu anda bunu çok iyi bir şekilde yaşıyordum.

Farelerin kopardıkları etlerden dolayı sol kolumun

kemiği açığa çıkmıştı. Fareler en az on dakika süre ile her tarafımı didikleyip et parçaları kopardılar. Sonra bir anda durup sağa sola kaçışarak beni bulunduğum yerde bırakıp gittiler. Bütün vücudum acı içindeydi. Zorlukla ayağa kalktım ve eve doğru yürüdüm. Kendi kendime inleyip duruyordum. Ayak parmaklarım, topuğum, ayak baldır etlerim, her adım atışımda beni acıdan inletiyordu.

Acıdan inleye inleye, ahlaya vahlaya malikâneye geri

geldim. Üst kata, yatak odama çıktım. Boy aynasında kendime baktım. Aslanların saldırısına uğramış bir zebradan farkım yoktu. Her tarafım yara bere içindeydi. Vücudum bir kalbura dönmüştü. Yaralarım nasıl iyileşecekti? Bunun bir yolu var mıydı?

Burası cehennemdi, burada dünyadaki gibi hastane doktor ve ilaç bulmayı düşünmem aptallık olurdu. Şu anda yapabileceğim hiçbir şey yoktu. Tek yapacağım şey en azından kolumdan sallanan etleri bir bezle sarmak olabilirdi. Gardırobumdan aldığım birkaç iç çamaşırını parçalayarak kollarıma sardım. Daha sonra yatağıma uzandım. Acıdan uyumak mümkün değildi. Yatağa değen her yerim ayaktakinden daha fazla acıyordu. Yaralarım kendi kendine iyileşir kısa sürede diye düşündüm. Biraz sabır göstermem gerekiyordu.

Mahşerde ilk uyandığım gün ayağımı kazara ısıran

timsahı hatırladım. Burada da aynısı olur herhâlde, kısa sürede iyileşirim diye düşündüm. Birkaç gün boyunca yaralarımda hiçbir iyileşme olmadı. Hizmetçilerden yardım istedim, onlar bu konuda ellerinden bir şey gelmeyeceğini söylediler.

Yaralarımdan dolayı bahçe işlerini yapmaya ara

vermiştim. Zamanımın çoğunu yatağımda geçiriyordum. Ama yaralarım iyileşmiyordu işte. İyileşmeyi bırak çoğu mikrop kapmış ve apse yapmıştı, büyük büyük irinler birikmeye başlamıştı. Arada bir boy aynasına bakıyordum, resmen insan görünümünden çıkmaya başlamıştım. Korku filmlerindeki gibi makyaj yapılsa bu kadar kötü ve çirkin gözükmezdim herhâlde.

Apseler zamanla koku da yapmaya başladılar ve

inanamıyorum, yaralarımda kurtlar da oluşmaya başlamıştı. Kürdana benzer bir kıymış parçası ile apseleri patlatarak kurtları yaralarımdan çıkarıp dışarı atıyordum. Evet, cehennem acıydı, azap idi, ceza çekme yeriydi, zamanın geçmediği yerdi, herhangi bir yardımcının bulunamadığı bir yerdi, yalnızlığın, hüznün ve azabın olduğu bir yerdi ve bunları ben daha ilk birkaç haftada iliklerime kadar hissetmiştim ve daha burada yüz yirmi bin senem daha vardı. Daha üç hafta geçmişti ve geriye yüz yirmi bin seneden üç hafta eksik olan bir süre kalmıştı.

Vücudumun ulaşabildiğim yerlerindeki yaralardaki kurtları kıymık parçası ile temizlerken sırtımdaki kurtlara ulaşamıyordum. Sırtımdaki kurtlar inanılmaz bir kaşıntı oluşturuyordu. Öyle bir kaşıntı ki bu, bıçak yarasından daha beter bir rahatsızlık veriyordu. Malikânenin avlusuna çıkıp sırtımı ağaçlara sürterek sırtımdaki yaralarda oluşan kurtlardan kurtulmaya çalışıyordum. Bu esnada yaralarımı yırttığım için inanılmaz bir acı hissediyordum ve sırtımdan devamlı kan akıyordu.

Yaraların içindeki kurtlardan kurtulmanın bir yolunu

zamanla keşfetmiştim: Güneşin altında kalmak. Bunun için ara sıra açan güneşi çok iyi takip ediyordum ve güneş açar açmaz kendimi avluya atıp timsahlar gibi güneşleniyordum. Bu şekilde sırtımın derisinin ve yaralarımın yanmasını sağlayarak kurtları öldürmeyi başarabilmiştim.

Vücudumdaki yaralar altı yedi ay sonra iyileşmeye başladılar. Acılarının dinmesi de neredeyse bir sene kadar zaman aldı. Bu süre esnasında çoğunlukla evden dışarı çıkamadım, yaralarımın acısından sadece kısa mesafeli yürüyüşler yapıyordum. Güneş açığa çıkınca yaralarımı kısa süreli güneşte bekletiyordum.

Malikânede çalışan suratsız görevliler bulunduğumuz

yerleşim bölgesinde bir çarşı olduğunu ve orada alışveriş yaparak evin ihtiyaçlarını görmem gerektiğini söylemişlerdi. Çarşıya yürüyerek gittim, yaklaşık bir buçuk saatlik bir yürüme mesafesi vardı. Çarşıdaki satıcıların insanı son derecede rahatsız eden bir görüntüleri vardı. Sattıkları şeyler beş para etmez, birçoğu bozuk olan mallardı.

Çarşıdan mal alabilmek için bahçede her gün belirli bir süre çalışmam gerekiyordu. Çalıştığım süreye göre alabileceğim erzak miktarı değişiyordu. Ne kadar erzak alabileceğimi çarşı ve pazardaki satıcılar otomatik olarak biliyorlardı. Evin bahçesinde de çalışmak çok berbat bir şeydi. Bahçeyi düzenlerken yerden sık sık çirkin böcekler, zehirli örümcekler çıkıp üzerime doğru atlıyorlardı. Her gün mutlaka çalışmam gerekiyordu, yoksa evdeki gıdalar tükenince aç kalıyordum. Buradaki açlık dünyadakine benzemiyordu. Sanki midemin içerisi alev alev yanıyor ve bağırsaklarım parçalanır gibi sancımaya başlıyordu. En azından saman tadındaki şeyleri yiyerek kendimi avutabiliyordum.

Pazara benim gibi cehennemde kalan başka insanlar

da geliyordu. Gelen insanlar son derece moralsiz ve yüzlerinden düşen bin parçaydı. Bundan dolayı konuşmak istediğinizde konuşmalar birkaç cümlenin ötesine geçmiyordu. Arkadaşlık ve dostluk kurmak neredeyse olanaksızdı.

Cehennemdeki bir senem geride kalmıştı. Havalar eskisine göre gün geçtikçe soğuyordu. Sanki kış gelmişti. Bu normal bir kış değildi. Ağaçların ve diğer bitkilerin renklerinde Herhangi bir değişiklik yoktu. Her gün düzenli olarak bahçe işlerini yapmam ve hayvanlarla ilgilenme zorunluluğu vardı, yani her gün çalışmak zorundaydım. Evin içerisi inanılmaz soğuktu, ellerim neredeyse dokunduğum metallere yapışacak kadar soğuktu. Kat kat giyinmiştim ve uyku vakitlerinde üç beş battaniye ile birlikte yatıyordum. Buna rağmen sabah diye isimlendirdiğim vakitte dışarı çıkınca soğuk sanki içimi delip geçiyordu. Tüm hücrelerime soğuk hava işlemişti.

Dünyada iken de soğuk havayı hiç sevmezdim ve özellikle kış aylarında pamuk ve yün karışımı içliğimi hiç çıkarmazdım. Ama buradaki soğuk hava ne yaparsam yapayım bütün vücudumu üşütüyordu. Kısa sürede hasta oldum, burnum sürekli akıyordu, durmadan hapşırıyordum. Ben böyle bir hapşırık görmemiştim daha önce. Bütün hafta boyunca hapşırıp durdum, hapşırmadığım bir dakika bile yoktu.

İnanılmaz bir şekilde terliyordum. Aşırı soğuk havadan dolayı elbiselerimi değiştirmeye cesaret edemiyordum. Yatağımın büyük bir kısmı burun akıntısından ıslanmıştı. Zemin inanılmaz soğuk olduğundan yatağın üzerinde oturmak zorundaydım. Ayakkabılarımla zemine temas ettiğimde kısa sürede ayaklarım donmaya başlıyor ve parmaklarımı hissetmiyordum.

Burun akıntım birkaç hafta sonra durdu. Daha doğrusu burun akıntım sinüzite döndü ve burnumdan akması gereken sıvı sinüslerimde dondu. Şakaklarım inanılmaz ağrımaya başlamıştı. Artık burnumdan nefes alamıyordum ve sürekli olarak ağzım açık bir şekilde nefes alıyordum. Soğuk hava ağzımın içini ve gırtlağımı yakıyordu.

Musluklardan akan su da hava gibi aşırı soğuktu. Susuzluktan dolayı içmek zorunda kaldığım su ağzımdan başlayarak sanki bütün vücudumu donduruyor, midemi, bağırsaklarımı yaka yaka ilerliyordu. Sabahları soğuk sudan dolayı yüzümü yıkayamıyordum. Haftalardır banyo yapmamıştım. Kokmaya başlamıştım.

Bütün cesaretimi toplayarak bir dakika içinde banyo

yapmaya karar verdim. Banyo esnasında vücuduma dökülen soğuk sudan dolayı vücudumdan buharlar çıkıyordu, su dokunduğu her yeri resmen ateş gibi yakıyordu. Suyu başıma döktüğümde sanki beynim kafatasımdan dışarıya çıkacak sandım.

Banyo bitiminde elimi musluğu kapatmak için

uzattığımda parmaklarım musluğun başına soğuktan dolayı yapıştı kaldı. Elimi bir türlü kurtaramıyordum. Orada da öylece kalamazdım, nefesimi tutarak ve gözlerimi kapatarak elimi hızla çektim. Parmaklarımın derileri musluğun başında kaldı, elim kanamaya başladı.

Hızlıca kurulanıp giyinmeye başladım. Bu kadar kısa sürede bile bacaklarım soğuktan mosmor renge bürünmüştü. Islak saçlarımı çarçabuk kuruladım. Yaş bırakmam durumunda saçlarımın donmasından korkuyordum.

Hava çok soğuktu ama o sırada üstüne bir de şiddetli

soğuk bir rüzgâr eklenmeye başlamıştı dışarıda. Rüzgâr

eserken âdeta insanın içini ürperten bir ıslık çalıyordu âdeta ve pencereleri kırarcasına titretiyordu, ağaçların savrulan yapraklarını ve dalların sallanmalarını pencereden görebiliyordum.

Ertesi gün çalışmak için bahçeye çıktığımda rüzgâr

âdeta beni de alıp götürecek kadar süratli esiyordu. Ama günlük işleri yapmam gerekiyordu. Rüzgârın şiddeti gittikçe artmaya başlamıştı, bu durumda işe biraz ara vermeyi düşündüm, elimdeki küreği bırakıp eve gitmek için yürümeye başladım ama aslında yürüyemiyordum. Şiddetli rüzgâr ileriye doğru adım atmama engel oluyordu. Dengemi kaybetmemek için yere çömeldim ve emekleye emekleye yürümeye çalıştım. Ama bu da pek mümkün değildi. İyice şiddetlenen rüzgâr sonunda beni yuvarlamaya başladı.

Yuvarlanırken bir taraftan da büyük büyük taş ve

kaya parçalarına çarpıyordum. Bir ara fırsatını bulup bir ağaç dalını yakalamaya çalıştım, dal koptu ve ben rüzgârda sürüklenmeye devam ettim. Bütün vücudum sert ağaç gövdelerine ve taşlara çarpa çarpa âdeta mahvoldu. Yuvarlanmam bir türlü durmuyordu, sonunda sürüklene sürüklene dikenli bir tarlaya geldim. Burası gerçekten bir faciaydı. Yuvarlandıkça çarptığım dikenler vücuduma batıyor ve battıkları yerde de kalıyorlardı. Ellerim, kollarım, bacaklarım, yüzüm, kulaklarım gözlerim her yerim dikenlerle dolmuştu.

Sonuna sürüklenmem durdu. Ayağa kalktığımda

ellerimin, kollarımın, bacaklarımın, yüzümün, nerdeyse

tüm vücudumun dikenlerle dolu olduğunu gördüm. İlk olarak ellerimin üzerindeki dikenleri çıkarıp atmaya başladım. Dikenler çok ince ve serttiler ve battıkları yerlerden çıkarması zor oluyordu. Bazılarını ise hiç çıkaramıyordum.

Evin yolunu tuttum, yatak odama çıktım ve soyunup aynada vücuduma batan dikenlere baktım. Resmen bir kirpiye dönmüştüm. Dikenin batmadığı bir yer kalmamıştı vücudumda. Aynayı kullanarak yüzüme ve şakağıma batan dikenleri çıkarmaya çalıştım. Yarıya yakınını çıkarmayı başardım. Vücudumdaki dikenleri çıkarmak için neredeyse bütün gün çalıştım. Vücudumun ulaşamadığım sırt bölgelerindeki dikenleri çıkaramadım.

Evdeki çalışanlardan yardım istedim ama gene eskiden olduğu gibi herhangi bir şeye karışmalarının yasak olduğunu sadece evdeki standart işleri yapmakla görevli olduklarını söylediler. Vücudumun yüzlerce noktasından aynı anda dayanılmaz derecede acı hissediyordum. Ne sırt üstü yatabiliyor ne de doğru dürüst oturabiliyordum. Ellerimde ve ayaklarımda çıkaramadığım diken kıymıkları bana zamanı zehir etmişti. Dikenlerle aylarca yaşadım inlemediğim bir an bile yoktu, dikenlerin bulunduğu yerler zamanla koca koca kızarıklıklara dönüştü ve yaralar

oluştu. Daha sonra yaralarım azar azar iyileşti ve

dikenlerle birlikte kayboldular.

Cehennemde dünyada hayal bile edemeyeceğim birçok şey yaşadım. Gökten kaynar yağmurların yağdığı zamanlar oldu. Damlalar değdiği yeri yakıp geçiyordu.

Bazen yağmurlar aylarca hiç kesilmeden devam ediyor yağmurların bitiminde ortalık sivrisineklerden geçilmiyordu. Bunlar öyle sivrisinek sürüleriydi ki yoğunluklarından etraftaki ağaçları görmekte zorlanıyordum. Tabii sivrisinekler boş durmuyorlar her santimetre karemi ısırarak vazifelerini yapıyorlardı. Yağmurlardan sonra bin bir çeşit böcekler, sülükler, kurbağalar ve diğer sinek türleri etrafı dolduruyordu.

Cehennemde hastalık türleri de çok fazlaydı. Bir defasında vücudumun yüzlerce bölgesinden ip gibi uzayan deri parçaları oluşmuştu. Sanki iğne ile üzerimdeki

elbiseye yüzlerce iplik parçası dikmişim gibi bir görüntüm açığa çıkmıştı. Bir ara ayaklarım anormal şekilde büyümeye başlamışlardı. Artık yürürken ayaklarımı taşımakta bile zorlanıyordum. Bazen toz fırtınaları oluyordu ve bu fırtınalar aylarca sürüyordu, havadaki tozu solumaktan genzim ve ciğerlerim inanılmaz yanıyordu. Bazen yemeklerin sindirimi oldukça zor oluyordu.

Karnım acıkıyordu ama daha önceden yediğim şeyler hâlâ

midemde durmaya devam ediyordu, bu yüzden yeni şeyler yiyemiyordum. Bu da açlık duygusunun zirveye

ulaşmasına neden oluyordu.

Bir ara bütün dişlerim çürüdü ve çok şiddetli bir şekilde aylarca ağrıdılar. Çürüyen dişlerimin ağrısı kulaklarıma, dişlerime, âdeta beynime vuruyordu. Ama dünyada ağrıyan bir dişe göre kat kat fazlaydı. Gözlerimin bulanık gördüğü, objeleri seçemediğim zamanlar oldu.

Görebilmek için on santimetre yakınına kadar gelmem gerekiyordu.

Fiziksel acının yanında cehennemdeki en kötü şeylerden birisi de ruhumun çektiği bezginlikti. Sürekli depresif ruh hâli içindeydim. Dünyada her şeyini kaybeden bir insan nasıl bir psikoloji içindeyse ben de cehennemde sürekli bu ruh hâli içindeydim. Hiçbir şey bana mutluluk vermiyordu.

Diğer yandan cehennemde çektiğim her acının sonunda ruhumda derin değişiklikler oluyordu. Sanki kumaşa işleyen bir lekenin çıkması zor ve zaman alıcı bir şey ise cehennemde çektiğim acılar da sanki ruhuma sinmiş olan bir takım olumsuzlukları kumaştan leke çıkarır gibi çıkarıyordu. Artık hiçbir iddiası olmayan çok daha mütevazı bir insandım. Hiçbir ihtirasım kalmamıştı, tamamen teslim olmuştum. İçimdeki nefret hissi ölmüştü. Şehvet ve açgözlülük hisleri kaybolmuştu. Egemenlik kurma ve büyük olma düşünceleri belleğimden kaybolmuştu. Yükselmek, daha büyük olmak, daha fazlasını istemek tamamen anlamsız şeylerdi benim için.

Cehennemde kalma süremin bir kısmını

doldurduktan sonra derecesi biner derece daha düşük başka bir cehenneme geçtim. Burada da bir süre kaldıktan sonra bin derece daha düşük olan başka bir cehenneme gittim.

Sonunda cezamı tamamladım. İlk başlarda sonsuz

gibi gelen yüz yirmi bin sene sonunda bitmişti. Dünyada yaşadığım zamana göre çok uzun sürelerdi bunlar ama sonsuz yaşamın olduğu bir yerde sonlu bir sayı ne kadar büyük olursa olsun bir gün bitiyordu işte.

Cehennemden tahliye işlemlerine başlandı. İki güler yüzlü görevli gelerek gözün aydın dedi ve uçan araba ile beni cehennemin çıkış kapısına getirdiler. Cezamı tamamladığım için bundan sonraki yaşantımı cennette geçirecektim. Gideceğim cennet şu anda bulunduğum cehennemden bir ışık yılı uzaklıkta mesafede imiş. Bundan dolayı uçan arabalarla değil de ışınlama ile gideceğimizden bahsettiler. Lafın gelişi ışınlama diyordum. Aslında dünyada kullandığımız ışınlama kavramı değildi bu. Kısa sürede oraya gitmemi sağlayan bir yöntem olduğundan dolayı bu ismi kullanıyorum.

Bir sundurmanın altına gittik. İçimden sanki soğuk bir rüzgâr geçer gibi oldu. Sanki bilgisayar ekranındaki duvar resmini değiştirir gibi etrafım bir anda değişiverdi. İnanılmaz rengârenk bir yerdi burası. Güneş canlı ve parlak ama insanı ne yakıyor ne de rahatsız ediyordu. İnsanı rahatsız eden nem burada yoktu. Çok hafif bir meltem esiyor ve insana keyif veriyordu. Burada uçan arabaya bindik ve yaklaşık iki saat kadar yok alarak bir giriş kapısına geldik. İçeriye yaya olarak yürüyerek girdik. Buradaki görevliler beni çok sıcak ve sevecen bir tarzda karşıladılar. Kalacağım malikânenin yerini harita üzerinden bana gösterdiler.

Sonra bizleri bir binaya aldılar ve bu binanın içindeki

sıralı odalardan teker teker geçtik. Bir odada bulunan büyük bir havuzu yüzerek geçtik, havuzun suyu bütün cildimi parlak ve diri bir hale getirmişti. Bir başka odada üzerime değişik bir sıvı püskürtüldü. En sonda üzerime mis kokular saçan bir sıvı sürdüler. Bu sıvının sürülmesinden sonra cildim mis gibi kokmaya başladı.

Sonra uçan bir arabaya binerek malikânemin olduğu

yere gittik. Bu bir malikâne değil âdeta saraydı. Tatil beldelerindeki beş yıldızlı yapılar bunun yanında solda sıfır kalırlardı. Bu bina sanki taştan ve topraktan değil de değerli bir madenden yapılmıştı. Rengârenk çiçeklerle donatılmış çok büyük bir bahçesi vardı. Bahçede yüzlerce belki binlerce meyve ve diğer ağaç türlerinden mevcuttu.

Hemen malikânemin yanından bir ırmak akıyordu. Irmak oldukça geniş ve suyu cam gibi temizdi. Suyun dibini çıplak gözle görebiliyordum. Direkt olarak içilebiliyordu ve nefis bir tadı vardı. Bu suyu içtikçe insanın daha da içesi geliyordu.

Malikânenin içerisine girdim. Malikânede çalışan yüzlerce hizmetçi vardı. Önce hizmetçilerle tanıştım. Hepsi de son derece güler yüzlü ve sıcak insanlardı. İnsan hizmetçilerle bütün gün konuşsa sıkılmıyor başka bir şeye ihtiyaç hissetmiyordu. Bu insanların konuşmaları neşe saçıyordu. Kadife sesli diyebileceğimiz insanlardı bunlar. Malikânede yirmi civarında oda vardı. Her oda özel döşenmişti. Odalardan ikisi ırmağa, dördü büyük ağaçların olduğu ormana, dördü rengârenk çiçeklerle donanmış

olan bahçeye, beş tanesi vadiye, diğer beşi de malikânenin

arka tarafına düşen göle bakıyordu.

Malikânenin arkasındaki göl ne devasa büyük ne de küçük bir göldü. Sanki özel olarak malikâne için tasarlanmıştı. Tatlı suyu vardı ama yüzmek için girdiğinizde sizi müthiş bir şekilde yüzeyde tutuyordu. Yüzmek için fazla bir gayret göstermenize gerek yoktu.

Malikânedeki odalar çok genişti ve tavanları oldukça yüksekti. Odalar son derece iyi güneş ışığı alıyordu. Bütün odalarda büyük yemek masaları vardı ve masaların üzerleri çeşit çeşit meyvelerle donatılmıştı. Odalar oldukça güzel döşenmişti. Geniş koltuklar, yerlerde güzel halılar vardı. Evin içerisi çok az tozlanıyordu. Zaten hizmetçiler her türlü ev işini yapıyorlardı. Yatak odamda dört beş tane gardırobum vardı ve içlerinde ölçülerime tam uygun şekilde ve oldukça güzel bir şekilde hazırlanmış çeşit çeşit giysiler mevcuttu.

Cennette günlük yaşantım şöyle geçiyordu: Dinlenme

veya uyuma vaktinden sonra, sabah olarak isimlendirdiğim zamanda, içinde kuş sütünün bile eksik olmadığı çok zengin bir kahvaltı yapıyordum. Kahvaltının ardından çok fazla doymuş olmuyordum. Yediğim şeyler çok lezzetliydi. Dünyada yediğim bir yumurta burada yediğim yumurtaya göre saman tadında sayılırdı. Yediğim her şeyde olağanüstü bir lezzet vardı ve yedikten sonra kendimi çok fazla sağlıklı hissetmeme neden oluyordu.

İçimde sürekli olarak kaynayıp duran bir neşe vardı. Kalbimin içinde sanki bir çağlayan vardı, göğsümde devasa bir mutluluk bulunuyordu ve bu mutluluktan dolayı sanki göğsüm fırlayacak gibiydi. Sabah bahçe işleri ile uğraşıyordum, kuş cıvıltıları öylesine huzur vericiydi ki sanki bu kuşlar benimle konuşuyorlar ve bana selam veriyorlardı. Bahçe işleri beni hiç yormuyordu, hatta çalışmak keyfimi büsbütün artırıyordu.

Daha sonra hayvanların olduğu ahırlara gidiyor ve

hayvanları besliyordum. Atlarımla kısa süreli turlar atıyordum, ormanda ve göl kenarında dolaşıyordum. Bazen gölde yüzüyordum. Ormanda dolaşırken arada sırada kurt, aslan, ayı gibi yırtıcı hayvanlara denk geliyordum, hayvanlar yanıma kadar geliyorlardı ve ben onların başlarını okşuyordum. Sanki bütün saldırganlıkları silinmiş gitmişti.

Kaldığım bölgede bir pazar yeri vardı. Birkaç günde

bir oraya alışverişe gidiyordum. Alışveriş diyorum lafın gelişi. Para filan harcadığımız yoktu. Sadece oraya gidiyor ve beğendiğim giysileri ve gıdaları alıyordum. Malikânedeki hizmetçilerden birisi beğendiğim şeyleri araba ile eve getiriyordu. Çarşıdaki insanlar çok sevecen ve mutlu kimselerdi. Çarşıda zamanın nasıl geçtiğini anlayamıyordum bile. Oradaki insanlarla sohbet ediyor, dünyadaki yaşantılarımızla ilgili konuşuyorduk. Herkes birbirine selam veriyor ve birbirlerini evlerine davet ediyorlardı. İnanılmaz bir dostluk ve arkadaşlık ortamı vardı. Hep güleryüz, hep sıcak davranış, hep içtenlik, hep iyi ve güzel söz, hep yardım etme isteği vb. gibi iyi davranışların hepsiyle neredeyse her gün karşılaşıyordum.

Cennette zaman hesabı yapmıyordum. Ne kadardır

cennette kaldığımı bilmiyordum ve bunun da bir önemi

yoktu. Cehennemde geçen her günü sayıyordum ama burada geçen aylarını bile saymıyordum. Gerçi zamanın nasıl geçtiğini anlamıyordum bile. Dünyada hiç

görmediğim yüzlerce meyve çeşidi vardı burada. Ayrıca ne sebze ne meyve ne de et veya balık kategorisine konulamayacak yiyecekler vardı. Dünyada sadece süt

veren inekler ve koyunlar olduğu hâlde burada değişik

değişik içecekler veren hayvanlar bu hayvansal içecekleri dünyadaki bir içeceğe benzeterek anlatamıyorum çünkü dünyadaki hiçbir içeceğe benzemiyordu. Günün akşam olarak kabul ettiğim zaman diliminde spor yapıyordum. Cennetteki diğer insanlarla buluşup değişik top oyunları oynuyor bazen de birlikte sohbet yapıyor ve akşam yemeği yiyorduk. Malikânede uzak yerlere gidebilmem için kullandığım bir tane uçan arabam da vardı. Bazen arabama atlayıp etrafta dolaşıp başka evlere arkadaşları ziyarete gidiyordum. Arabam son derece konforlu ve güvenliydi. Düşünce gücü ile istikametini buluyor ve hızını da düşünceme göre ayarlıyordu. Cennette çok az kirleniyordum. Çok az terliyor ve çok az kokuyordum. Bunlar da sanki diğer olumlu şeylerin farkını görebilmem için vardı.

Bir gün dünyada iken kar yağdığı aklıma geldi.

Çocukluğumda kar yağdığında kardan adam yapardım ve kartopu oynayarak eğlenirdim. Bunları düşündükten sonra ertesi gün lapa lapa kar yağmaya başladı. Her yer bembeyaz oldu. Yağan kar hafif soğuktu ama insanın elini dondurmuyordu. Çocukluğuma geri döndüm bir an sanki.

Malikâne çalışanları ile kartopu oynadım, büyük kardan adamlar yaptım. Daha sonra da yakınlardaki bir küçük dağa giderek kayak yaptım. Yani inanılmaz keyifli bir gün geçirdim. Kar yağışı bir müddet devam etti. Etraf bembeyazlara büründü. Büyük çam ağaçlarının yaprakları kısmı olarak karlarla kaplandı. Harika bir manzara vardı. İnsan izlemeye doyamıyordu bu manzarayı. Karın üzerinde saatlerce dolaşmama rağmen ayaklarım donmamış ve çokta üşümemiştim.

Kar yağışı ile birlikte onlarca geyik de evimin

bulunduğu bölgeye gelmişti. Onları ellerimle malikânedeki yiyeceklerle besledim. Hepsi çok sevimliydi ve etrafta bulunmaları zaten güzel olan manzarayı daha da güzelleştiriyordu. Karlı havada bir şahin süzülerek omuzuma kondu. Şahini omuzumdan alarak elimin üzerinde tutunmasını sağladım. Şahinin tırnakları elimi acıtmıyor ve ciddi şekilde batmıyordu. Çok az bir

miktarda küçük batmalar oluyordu, bu da hayvanın

varlığını hissetmem ve vahşi doğanın insana verdiği keyfi yaşamam içindi sanırım. Hayvanın tırnakları sanki törpülenmiş de elimi çok fazla acıtması önlenmişti. Kar yağışı bazen duruyor bazen de devam ediyordu. Kış manzarasına artık yeterince doymuştum ve kar özlemim gitmişti. Böyle düşündükten bir iki hafta sonra kar yağışı durdu ve karlar yavaş yavaş eriyerek ortadan kalktı.

Cennet adı üstünde tam bir cennetti. Burada aklıma

hiçbir kötü düşünce gelmiyordu. Sanki kanıma serum verilir gibi sürekli mutluluk hormonu pompalanıyor gibiydi. Beynim tertemiz ve berraktı. Nefret, kıskançlık, intikam, ihtiras, öfke gibi hisler neredeyse tamamen yok olmuş gibiydi.

Burada üretmek için çalışmak zorunda değildim. Her gün çalışıyordum ama bu çalışma bir çeşit keyif çalışması gibi düşünülebilirdi. Şu anda kaldığım evin dışında elli tane daha evim vardı. Evlerin bulunduğu yerler farklı farklı coğrafi bölgelerdeydi. Genelde iki senede bir ev değiştiriyordum. Evlerin her biri diğerinden farklı ve müthiş bir güzellik ve zevkle döşenmişti.

Bir ara dünyadaki ailem aklıma geldi. Eşim ve

çocuğum. Acaba nereye gitmişlerdi. Cennetteki görevlilere sordum. Eşim benim gibi geçici süreliğine cehenneme gitmiş ve iki yüz elli bin sene ceza almış. Şu an hâlâ cezasını çekmeye devam ediyormuş. Kızım Benginur ise direk cennete gitmiş ve şu anda benim bulunduğum cennete göre elli bin derece daha üst düzey bir cennete gitmiş.

Cennet görevlilerine Benginur'u ziyaret edip

edemeyeceğimi sordum. Bu tür şeylere izin verildiğini ama Benginur'un bulunduğu cennetin bizden yaklaşık üç ışık yılı bir mesafede olduğunu söylediler. Bundan dolayı Benginur'un bulunduğu cennete gitmem için ışınlanmam gerekiyordu. Gene görevlilerle birlikte ışınlandım. Benginur'un bulunduğu cennete geldim. Önce Benginur'un bulunduğu cenneti biraz dolaştım. Benim kaldığım cennet burayla kıyaslanınca gecekondu gibi gözüktü gözüme. Vay be! Demek ki yaratıcının yaratmasının sonu yoktu ve kim bilir daha üst sınıf cennetlerde daha neler vardı.

Benginur'un oturduğu eve gittim. Kızımı gördüm. Sanki bir prenses, narin bir kuğu gibi kibar ve güzeldi. Kızıma sarıldım yanaklarından öptüm. Gerçi yetişkin hâliyle onu görüyordum ama çocukluktan kalan siması hâlâ duruyordu. Hatta kolundaki doğum lekesine baktım, o da yerinde duruyordu. Kızımın evinde yaklaşık üç ay kadar misafir oldum.

Daha sonra kendi cennetime geri döndüm. Kızımı

davet ettim. Ara sıra ziyaretime gelmesini istedim. Büyük bir mutluluk ve sevgi ile kabul etti. Cennette bulunduğum esnada dünyada iken tanıdığım insanları görevlilere soruyordum. Akıbetlerini merak ediyordum. Ezici çoğunluğu cehennemdeydi ve çok uzun süreli cezalar almışlardı. Bazıları ise sonsuz cehennem ile cezalandırılmışlardı.

Cennetteki görevliler cennette bulunan her kişinin

yaratıcı ile karşılaşacağını ve yaratıcıyı göreceğini söylediler bana. Bunu dünyada iken de duymuştum ve o zaman da aklım hiç alamamıştı bu olayı. Yaratıcı sonsuz bir varlıktı. Hiçbir mekâna sığmayan, hiçbir hacme hapis edilemeyecek, zamandan ve mekândan bağımsız sonsuz bir varlıktı. Öyle iken sınırlı görme yetisine sahip gözlerim ile yaratıcıyı nasıl görecektim acaba?

Bu görme iki türlü olabilirdi. Birincisi yaratıcının bir

tecellisini görmek şeklinde. Yani sonsuz bir varlık kendisini sembolik olarak bir şeyle ifade ederek o şeyle benim karşılaşmamı sağlaması gibi bir olay olabilirdi bu. Hazreti Musa'nın dağa bakarak yaratıcının gölgesini gördüğünü düşünmesi gibi bir şey olabilirdi. Diğer görme biçimi ise gözle görme şeklinde bir olay değil de su damlasının okyanusa, yani ait olduğu yere dönüp karışması şeklinde bir durum olabilirdi. Sonuçta ne olursa olsun, bütün varlığımın, yaşamımın, diğer bir deyişle akla ne gelirse gelsin her şeyden daha önemli olan bir olaydı

bu. Bundan daha önemli bir olayı düşünmek bile saçmalık ötesi bir şeydi. Yaratıcıya tek olarak gidecektim ve onu tek olarak görecektim.

Yaratıcı bana ruhundan üflemişti. Teklik onun bir özelliğiydi ve bu özelliği bana da vermişti. Ben kendimi hiçbir kimse ile değişmezdim. İstediği kadar akıllı, zengin, güzel veya yakışıklı olsun, ben her şeyden ve herkesten daha önemliydim ve benim yerimi hiç kimse tutamazdı. İşte bu bana yaratıcının üflediği ruhundan geçen bir özellikti. Yaratıcı bana düşünebilme, bilinç, öğrenebilme ve hayal edebilme özelliklerini sınırlı olarak vermişti. Bu özellikler de benim okyanusun yanında su damlası gibi durmamı sağlıyordu. Küçüktüm ama sonuçta suydum. Okyanus da bir suydu ve benim okyanusa kavuşma vaktim gelmişti.

____SON